居酒屋ぼったくり

9

秋川滝美 Takimi Akikawa

目次

マグロとゴボウのしぐれ煮

鮭のちゃんちゃん焼き

鮭のアラ汁

傷を癒すもの

東京下町で居酒屋『ぼったくり』を営《いとな》む美音《みね》は、帰宅しようと外に出たとたん、空気の冷たさに身を震わせた。

十一月も終わりに近づき、夜中はもうかなり冷え込む。そろそろ厚手のコートを出さなければ、と思いつつ美音は引き戸に鍵をかけた。

あたりに人影はなく、通りは静まり返っている。一日の仕事を終えた疲れと、軽い充実感を覚えながら美音は自宅に向けて歩き出す。

商店街で一番遅くまで営業しているのは『ぼったくり』なので、この店の灯りが消えると商店街を照らすのは街灯のみとなる。かつては暖かみのあるオレンジ色の電球だったが、ＬＥＤに変えられた今、青白い光が空気の冷たさに拍車をかけているように思えた。

だが、美音がそれよりも残念に思うのは、LED照明の明るさそのものだ。確かに電球よりもずっと遠くまで灯りが届き、省エネにもなるというのはいいことである。けれど、ただでさえ都会は明るすぎて星が見えないと言われているのに、照明すべてがLEDになってしまったら、今まで以上に星を見つけにくくなるのではないか、と心配になるのだ。

よく晴れた夜、星座を探しながら帰るのは、美音の楽しみのひとつだった。今のうちに堪能しておいたほうがいいのかしら……と思いながら、美音は空を見上げる。

——オリオン座があんなところに。今年ももうすぐ終わっちゃうのね……

例年この時期になると、年の瀬までにやらなければならないことが次々に頭に浮かんで焦燥感に駆られる。毎年のことなのに、どうしてもっと計画的にできないのかしら、と情けなくなるほどだ。

とはいえ、おせちの食材は年の瀬にならないと店に並ばないし、あまり早々と大掃除をしてしまうと年明けまでにまた汚れてしまいそう……なんて自分に言い訳をしながら、ふと腕にかけていた鞄を見た。

――なんだか膨らんでいるような気がする。

いつもと違うものでも入れてたっけ？　と、首を傾げた次の瞬間、美音はぎょっとした。

「忘れてた！」

鞄をわずかに膨らませていたのは、黒い不織布《ふしょくふ》のケースに入れられた映画のＤＶＤだった。

駅前のレンタルショップで借りたもので、期限は今日まで。仕込みを終えたあと、散歩がてら返しに行けばいいと思って持ってきたのだが、今日は思ったよりも仕込みに時間がかかってしまった。

そのせいで散歩はショートコースに変更、駅まで行くことができなかったのだ。

こんなことなら妹の馨《かおる》に頼めばよかった、自転車ならすぐだったのに……と大きなため息が出てしまう。

期限は今日までというものの、件《くだん》のレンタルショップにおける『今日』の定義は、翌日の開店時刻までだ。開店時刻は朝十時だから、それまでに返却ボックスに入れれば問題ないとはわかっているが、夜のうちに返しに行ったほうが安心。なによりも、この時間ならまだレンタルショップは営業中だから、別の作品を借りることもできる。

美音は鞄からスマホを取り出し、馨に帰宅が遅れるというメッセージを送信した。

すぐに馨から、『こんな時間に駅まで行くの？』という返信が来る。続いて、驚いているアザラシのスタンプも。やむなく、再度メッセージを送って事情を説明すると、ため息をつくアザラシと、『とにかく気をつけて』というメッセージが返ってきた。姉の性格と、レンタルＤＶＤの返却という用向きから考えて、やむを得ないと判断したのだろう。

続いて届いたのは、『自転車が置きっぱなしになってるから使って』というありがたい言葉だった。

そこに至ってようやく美音は、馨が今、家にいないことを思い出した。美音より少し早く仕事を終えた馨は、このあと彼氏の哲《てつ》と会うことになっている、と嬉しそうに出ていった。ぎりぎりバスのある時間だったから、自転車をおいてバスで駅に向かったのだろう。

『ぼったくり』から駅までは、かなりの距離がある。だが、店を閉めたこの時間、バスはもう終わっているため、歩くしかない。正直、けっこう時間がかかるなあと思っていたのだ。自転車なら歩くよりもずっと早いし、安全だ。

『ありがとう！　すごく助かる！』というメッセージに、『どういたしまして。でも本当に気をつけて！』という言葉と困り果てた顔のスタンプが返ってきて、姉妹のやりとりは終了した。

こんな時間に駅まで、しかもひとりで行くのは危ないとわかっている。恋人である要《かなめ》に知られたらとんでもなく叱られるだろう。

だが、明日の朝に回してしまえば、急用が入って返しに行けなくなる可能性もある。無駄に延滞料を払うのは嫌だったし、何よりこの時間なら人も少ない。周りを気にせずゆっくりと、次に借りるＤＶＤを選ぶことができるのだ。

そうやって借りてきた古い映画やドラマを観ることは、星座探し同様美音の楽しみのひとつだった。

無事にＤＶＤを返し終えた美音は、次に借りるものを探そうと店の奥に入っていった。

店内は人影もまばらだったが、やはり人気があるのか、新作コーナーにだけは客がそれなりに見受けられる。

とはいえ新作はレンタル料も高いし、貸し出し中ばかり。それよりも旧作の名画や家族向けのドラマのほうが気楽、ということで、美音が新作を借りることはほとんどなかった。

例によって新作コーナーを通り過ぎ、旧作名画のコーナーに入った美音は咄嗟《とっさ》に足を止めた。そこにいた客に見覚えがあったからだ。

ずらりと並んだ旧作名画のＤＶＤを手にとって眺めては戻し、また次を……とやっているのは、つい最近『加藤《かとう》精肉店』の息子、ユキヒロと結婚したばかりのリカだった。

ふたりの結婚に先立ち、リカの兄は『加藤精肉店』界隈《かいわい》に聞き合わせに現れた。その際、『ぼったくり』にも立ち寄り、常連たちから『加藤精肉店』についての話を聞いたのだ。もちろん常連たちは、早々に聞き合わせだと察し、縁談に差し障るような話は一切しなかった。にもかかわらず、リカの兄は家族にあまりいい報告をしなかったらしく、『加藤精肉店』の店主ヨシノリは、息子の縁談が壊れてしまうのではないかとずいぶん心配していた。

リカの兄にしてみれば、妹は内気だから客商売に向かない、肉屋の跡取りと結婚したら苦労するのではないか、という懸念があったようだ。それでも本人たちの意志は固く、ふたりがかりでリカの家族を説得し、無事結婚に漕《こ》ぎ着けた。

当初、跡取り息子の結婚ということで、さぞや盛大な式を挙げるのではないかと噂されたが、本人たちも家族もいわゆる『ジミ婚』志向。大がかりな披露宴はやらずに神前式と家族だけの食事会に留《とど》めた。その後、ヨシノリ一家は揃って商店街の端から端まで挨拶に回り、住民たちはこぞってふたりの結婚を祝ったのだった。

結婚後、リカはヨシノリ一家とともに店頭に立つようになり、肉を量ったり包んだりと少しずつ仕事を覚え始めた――それが三ヶ月前のことである。

普段美音は『ぼったくり』で使う食材を配達してもらっているため、店頭に足を運ぶことはあまりない。

とはいえ、仕込みを終えたあと、献立《こんだて》に物足りなさを感じて急遽一品加える場合がある。予定外の料理だから、食材の用意がなければ買いに行くしかない。そんなこんなで、昼下がり、買い物に行くのだが、昼下がりは客が少ない時間帯とみえて、どの店も交代で休憩を取っているらしい。店頭にいるのはせいぜいひとり、時には誰もいなくて、奥に向かって呼びかけて出てきてもらうこともあった。『魚辰《うおたつ》』しかり、『八百源《やおげん》』しかりである。

そんな中、『加藤精肉店』が無人だったことはなく、大体の場合、リカがひとりで店番をしていた。

客が注文した肉のトレイを取り出して、真剣そのものの表情で量る。丁寧に包んで、たどたどしく礼を言う――そんなリカの姿は初々《ういうい》しく、とてもかわいらしい。『加藤精肉店』の看板は字が消えかけているけれど、この看板娘がいれば十分事足りると美音は思っていた。

「リカさん？」

「あ……美音さん。こんばんは」

ユキヒロと一緒かと思ったが、あたりに姿は見えない。どうやらリカもひとりで来たらしい。仲むつまじく暮らしていると思っていたのだが、こんな深夜にひとりでいるところをみると、そうではなかったのだろうか。

リカは既に、一本や二本ではない数のＤＶＤを手にしているのに、さらに物色中の様子。おそらく彼女の趣味は映画鑑賞なのだろう。いかにも『肉屋の若嫁さんは控えめで大人しい』と噂される彼女に相応《ふさわ》しい、ひとりでひっそりと楽しめる趣味だと思う。

リカは検索機で出力してきたらしき用紙と、ＤＶＤが並べられている棚を見比べては首を傾げている。データ上はそこにあるはずなのに、見つからなくて困っているようだ。書店やレンタルショップではよくあることだった。

「見つからないの？　もしよければ、一緒に探しましょうか？」

「あ……」

リカは一瞬ためらったようだが、どうしても観たい作品だったらしく、手にしていた用紙を美音に示した。それはかなり古いフランス映画だった。

「ああ、これ……私も観たことがあるわ。でも、ずいぶん前の作品だから、置いているお店が少ないのよね」

「そうみたいですね」

そんな言葉を交わしつつ、しばらく探した結果、その作品を見つけたのは美音だった。本来あるべき場所から少し離れた棚に紛れ込んでいたのだ。

「あった！　リカさん、これじゃない？」

「これです、これです。こんなところに入り込んでたんですね……」

リカは、美音が差し出したＤＶＤを嬉しそうに受け取った。その時点で、美音も自分が借りる作品を選び終わっていた。リカの捜し物を手伝っている間に、かねてから観たいと思っていたタイトルを見つけたのだ。

本日はこれにて終了、ということで、ふたりは一緒にレジカウンターに向かった。深夜だったせいか、稼働しているレジはひとつしかない。美音はリカに先を譲り、後ろに並んで自分の番が来るのを待っていた。

間隔をあけて立っていたわけではないので、店員がレンタル処理をするために並べたＤＶＤのタイトルが自然と目に入ってくる。

リカが借りようとしていたのは、誰もが知っている有名作品ばかり。しかも、そのすべてが『全世界が泣いた！』なんて煽り文句がつけられるようなものだった。リカさんは泣ける映画が好きなのね……と考えていると、リカが不意に振り返った。

「すみません。私のほうが借りる本数が多いんだから……」

美音さんを先にしてもらえばよかった――おそらく、リカはそんな詫びを口にするつもりだったのだろう。だが、振り向いたとたん、美音の視線がどこに向かっているかに気付いたらしい。リカの言葉が途切れる。咄嗟《とっさ》に美音は謝った。

「ごめんなさい。感じ悪いわよね……」

「いえ……」

そう言うとリカはカウンターに向き直り、手続きが終わったDVDを受け取った。そのまま店を出るかと思ったら、少し離れたところで立っている。

美音は気まずい思いを少々もてあまし、いっそ先に帰ってくれないかなと思ったが、彼女はやはり動かない。どうやら美音を待っているらしい。

確かにこんな時間だ、ふたりで帰ったほうが安心には違いない。ということで貸し出し手続きを終えた美音は、リカのところに向かった。

やっぱり気まずいな、と思いながら歩いていくと、リカは美音以上に緊張の面持《おもも》ちをしていた。

「あの……美音さん」

声になんだか必死な様子が窺《うかが》える。リカが借りた映画のタイトルを見ていたことについて文句を言われるわけではないらしい、とほっとしていると、リカはためらいがちに、少し時間をいただけないか、と訊いてきた。

時間が時間だし、早く帰りたい気持ちはある。だが、こんなに思い詰めたような顔のリカを捨て置くことなどできなかった。

「じゃあ、帰りながら話をしましょうか」

リカは時計を確かめ、こっくりと頷いた。

「あ、でも私、自転車で……」

「私もよ」

自転車で走りながら会話をするのは難しい、ということで、ふたりは自転車を引いて帰ることにした。だが、リカはなかなか口を開こうとしない。いつまでも自転車を引っ張って歩くのもなんだし、美音はこちらから水を向けてみることにした。

「それでリカさん、何か私に訊きたいことでも？」

「あの……お義母さん、私のことなにか言ってませんでしたか？」

「え、タマヨさん？」

　タマヨというのはヨシノリの妻だ。ヨシノリ夫婦とユキヒロ夫婦は、『加藤精肉店』の二階と三階に住んでいる。

　タマヨは、美音が買い物に行ったり、注文の電話をしたりすると、気軽におしゃべりしてくれるが、リカについて話しているのを聞いた覚えはなかった。

「特に何も……。リカさん、何か気になることでもあるの？」

「あの……私、気が利かないし、やっぱりお店の仕事に向いていないみたいで……」

　失敗ばっかりなんです……とリカは消え入りそうな声で言う。

「お義母さんやユキヒロさんみたいに元気に挨拶もできないし、お客さんの注文も一度で聞き取れなくて訊き返したり、間違えてばっかり。お肉を量るのも下手で、なかなかお客さんのおっしゃる量にできないんです。もう三ヶ月も経つのに、お義母さんたちに迷惑をかけてるのが申し訳なくて……」

「もう三ヶ月って……。どっちかっていうと、まだ三ヶ月、だと思うけど……」

　リカは結婚するまで、事務機器メーカーで事務員をしていたそうだ。学生時代のアルバイトまで含めても、接客業に就いたことはないという。それなのに下町の肉屋に嫁いできて、夫の親と同居までして頑張っている。しかも、まだ三ヶ月しか経っていないのだ。

『加藤精肉店』に入って三十年にもなるタマヨや、肉屋で生まれ育ったユキヒロと同じようにできるわけがない。

何をそんなに焦っているのだろう、と考えていると、リカがぽつりと漏らした。

「私もマリさんぐらいテキパキできれば……」

その言葉で、ようやく美音はリカを悩ませている原因に思い当たった。

『加藤精肉店』の隣に『豆腐の戸田《とだ》』という屋号の豆腐店がある。

『豆腐の戸田』にはシュンという跡取り息子がいるのだが、シュンとリカの夫ユキヒロは同い年、しかもシュンも二ヶ月前に結婚したばかりだった。その結婚相手が、先ほどリカが名前を出した、マリという女性である。

美音から見ても、マリは、客商売をするために生まれてきたのではないかと思うような人だ。豆腐屋の仕事にもあっという間に馴染《なじ》み、親夫婦との関係も良好。

豆腐屋の女将《おかみ》ショウコはいつも嫁自慢をしている。

マリ自身は、人に嫌な思いをさせるような人ではない。リカを悩ませているのは、ショウコの自慢話ではないか、と美音は推測した。なぜなら、美音もまた、ショウコの自慢話を耳にしたことがあったからだ。それは、例によって昼下がり、翌日の朝食に使おうと『戸田の豆腐』に油揚げを買いに行ったときのことだった。

『うちの嫁はすごくできた人だ。商売にもそつがないし、家事だってうまい。本当にいい人に来てもらった』

ショウコは得意げにそんなことを言ったあと、『加藤精肉店』のほうを見て嗤《わら》った。『笑った』ではなく『嗤った』のだ。

『あんなに不器用なお嫁さんじゃなくてよかった。加藤さんとこは大変だね』

正直、美音はうんざりした。

そもそもショウコという人は口が悪い。『悪い』というよりも『汚い』と表現したくなるほどで、近隣の評判も思わしくない。

確かにこの町の住民は、総じてはっきりものを言う傾向がある。だが、そこには相手を思いやる気持ちが窺《うかが》えるし、真に相手を傷つけるようなことは言わない。だからこそ、言われた相手も、あーあ、言われちゃった、などと笑って済ますことができた。

だが、ショウコはそんな町の人たちとは全然違う。なんでもかんでも比較して、少しでも自分が優位に立とうと躍起《やっき》になるのだ。

馨は、ああいうのをマウンティングっていうんだよ、とさも嫌そうな顔で言うし、町の人たちも、実力のない奴ほどそういうことをやりたがる、と憤慨することしきり……

ショウコの舌禍《ぜっか》事件については枚挙にいとまがないが、とにかく彼女は、善人揃いのこの町内においてかなり特異な存在だった。

そういったこともあり、リカを貶《けな》し始めたショウコに、最初は町内の人たちも、またか……と呆れただけだった。

ところが、ひとしきり貶せば気が済んで、矛先も変わるだろうと思っていたのに、今回はいっこうにやむ気配がない。見るに見かねた人々が、口々に注意しても本人は欠片《かけら》も反省しなかった。

『ほんとに大変なことを大変だと言ってるだけじゃないか。これでもあたしは心配してるんだよ。うちのマリに、客商売や家事のコツを教えさせたいぐらいだ。マリは隣の嫁さんより若いのに、なんでも上手にできる。見上げたもんだと思わないかい？』

などと、言い返すらしい。その上、リカに面と向かって言ったそうだ。

『あんたも商売をしてる家に嫁に来たなら、もうちょっとやりようがあるだろう。いつまでもＯＬ気分ですかしてないで、うちのマリを見習ったらどうだい』

リカは、そうやってちくりちくりと言われても、反論することもなく控えめな笑顔を崩さない。おそらく、内心にはこみ上げるものがあっただろう。それでも、相手は長年のお隣さんだし、ましてや嫁に来たばかりの身である。反論すればさらに問題は大きくなる、とでも考えて我慢していたのかもしれない。

それが、ここにきてとうとう耐えられなくなって……というのが、リカの現状ではないか、と美音は思ったのだ。

とはいえ、確証などない。推測はあくまでも推測ということで、美音は単刀直入に訊いてみることにした。

「もしかして、ショウコさんのことで悩んでるの？」

「……やっぱり、わかっちゃいますか。これでも、家の中では頑張って隠してたんですけど」

リカは、ふう……とため息をついた。

結婚してから三ヶ月、毎日一生懸命やっているつもりだが、ちっとも上達しない。夜になると落ち込みはさらにひどくなり、くよくよと考えて眠れない。やむなく家族が寝静まったのを見計らっては抜け出し、ＤＶＤを借りに来ていたそうだ。

「うっかり物陰とかで泣いてたら、ユキヒロさんやお義父さん、お義母さんに心配をかけちゃうでしょう？　映画を観ていれば平気かなと思って……」

「それであんなに悲しい映画ばっかりを……」

自営業の親夫婦と同居し、自分もその仕事を手伝っているとあっては、ひとりきりになれる場所も時間もほとんどない。

昼下がりにひとりで店番をすることはあるが、店で泣くのは論外だ。そんなところを見られたら、また隣の女将《おかみ》さんに咎《とが》められる。だからこそ、映画を観ながら泣いていたのだ、とリカは語った。それなら、感動して泣いているのだろうと思ってもらえると……

泣くことにすら、そこまで気を遣わねばならないリカがあまりにも哀れで、美音は言葉を失う。

ＤＶＤを次々再生し、映画を観ているふうで、その実、どんな台詞《せりふ》も頭に入っていない。泣いてもおかしくない内容に紛れて、自分の至らなさに涙するリカ。痛ましいとしか言いようがなかった。

「なんてこと……。それって、ユキヒロさんは知っているの？」

つい非難めいた口調になるのを止められなかった。ショウコはさておき、自分の妻がこんなに辛い思いをしているのに、夫は何をしているのだ、と腹が立ってくる。

「知らないと思います。自分で言うのもなんですけど、そういう意味では私、本当に頑張ってるんですよ。だからユキヒロさんは、私が泣いてるのは映画のせいだって思い込んでるはずです。『お前は本当に泣ける映画が好きだなあ、俺はもっと楽しくて笑えるのが好きだけどな』って言われますから」

リカは、ちょっと得意そうな顔になった。だが、その顔を見た美音は、さらにもどかしさを感じてしまう。

美音とリカは、月に何度か店先で言葉を交わすだけの関係だ。その美音に告げられることを、なぜ夫であるユキヒロに言えないのか……

だが次の瞬間、それこそがリカなのだと思い直す。

この状況は自分のせいだと思い込み、自分を悩ませている相手に改善を求めることなど考えもしない。それどころか、自分のことで夫に迷惑をかけるなんて論外とでも思っているのだろう。

それでいて、舅《しゅうと》、姑《しゅうとめ》が自分をどう思っているかは気になる。だからこそ、美音に声をかけてきたのだろう。けれど、そこに、美音に状況をなんとかしてもらいたいなんて気持ちは微塵《みじん》もないのだ。

何をしてほしいわけじゃない。話を聞いてくれただけで十分——

そんな思いが、リカの表情から滲《にじ》み出ていた。

きっとリカは、今夜も映画を観て泣くつもりに違いない。涙を流すことはストレス発散のひとつの方法だといわれているし、今のリカにはそれ以外に方法はない。

「やっぱり、ユキヒロさんに言うべきだと思うけど……」

リカの性格を考えたら、無理な話だとわかっていても、美音にはそんなことしか言えなかった。そんな美音の言葉に、リカは弱々しく笑う。

「ユキヒロさんには言えません。言ったら、きっとすごく怒りますから……」

「え？　リカさんが怒られちゃうってこと？」

「じゃなくて!!」

咄嗟《とっさ》にリカの声が大きくなった。そんな人じゃないの、と必死でユキヒロを庇《かば》おうとするリカに、この夫婦の根本的な信頼関係が窺《うかが》える。

リカは心底ユキヒロが好きで信頼しきっているからこそ、慣れない客商売、しかも同居という環境に飛び込んでこられたのだろう。にもかかわらずこの状況だ。

美音には痛ましいとしか思えなかった。それなのに、リカはどこか嬉しそうに言う。

「ユキヒロさんって、ああ見えて怒ったらすごいんです。私をすごく大切にしてくれてますから、私がお隣の女将《おかみ》さんにひどいことを言われてるって知ったら、お隣に怒鳴り込んじゃいます」

リカの表情はひどく柔らかい。おそらくユキヒロの顔を思い浮かべたせいだろう。

美音は、夫のことを考えただけでこんな顔になるなんて、とほほえましく思う。

ただ、美音の知っているユキヒロは、隣に怒鳴り込むようなタイプではない。元気はいいが、物の道理をわきまえているし、文句を言いたくなるようなことがあったとしても冷静に対処するだろう。

それに、『加藤精肉店』にはヨシノリ夫婦という、ユキヒロ以上に頼りになる人がいる。何かあれば彼らが適切に対応してくれるに違いない。

ただそれは、彼らがリカの味方だった場合である。万が一、ヨシノリ夫婦がリカに不満を持っていた場合、リカはさらに困った立場に追い込まれてしまう。

おそらくリカもそれを気にしているのだろう。だからこそ、わざわざ美音を呼び止めて、彼らが何か言っていなかったか、と訊《たず》ねたに違いない。美音自身は、ヨシノリ夫婦からリカの愚痴など聞いたことはなかったが。

リカの杞憂《きゆう》だとは思いつつも、美音は改めて訊ねてみた。

「ねえ、リカさん。ユキヒロさんはともかく、ヨシノリさんやタマヨさんに叱られたりするの？」叱られるまではいかないにしても、口調がきつかったり……」

「とんでもないです。に来たときも慣れなくて大変だったそうで、ゆっくりでいいよ、辛かったら無理しなくていいよ、っていつも言ってくださるんです。お義父さんも同じで、今時同居してくれるだけでもありがたい、ましてや肉屋の仕事まで手伝ってくれるなんて、って……」

「だったらどうして私に、あんなこと訊いたの？」

今の話を聞く限り、ヨシノリ夫婦が自分を悪く思っていないことはわかっているようだ。それなのになぜ……と、疑問を呈する美音に、リカは申し訳なさそうに言った。

「私も最初は素直に喜んでたんです。いいおうちに来てよかったなあ……って。でも、隣の女将《おかみ》さんにひどいことを言われ続けているうちに、もしかしたらお義父さんたちも同じように考えているんじゃないかって……。でも、お義父さんもお義母さんも常識をわきまえた人だし、無理して私に優しくしてくださってるんじゃないかって……」

そう語るリカに、ユキヒロの話をしていたときの嬉しそうな表情は欠片《かけら》もない。

美音のいたたまれない気持ちも、また戻ってくる。

「疑心暗鬼になっちゃったのね」

「ええ……。もしかしたら、美音さんには本音を話しているかもしれないと思って」

「私が、ヨシノリさんからリカさんについての話を聞いたのは一度だけよ。それはね……」

そこでリカは、えっ！　と声を上げた。

「やっぱり、何かおっしゃってたんですね！　それって、それって……」

リカは、気の毒なほど動転している。慌てて美音は、話の先を急いだ。

「落ち着いて、リカさん！　私が聞いたのは、リカさんがユキヒロさんと結婚する前の話なの。『本当に控えめで感じのいい子だ』『ユキにはもったいない』って、そりゃあもう手放しで褒めてたわ。リカさんの性格もちゃんとわかってて、どうしても商売に馴染《なじ》めないようなら、店には出なくていい、なんてことも……」

ヨシノリは、リカが肉屋の仕事に馴染めないかもしれないということぐらいわかっていた。

その上で、まだ結婚もしないうちから少しでも仕事を覚えようと頑張るリカの姿に、感動すらしていたのだ。おそらくそれは、タマヨも同じ。ふたりは表裏のない人たちだし、本心を隠してどうのこうの、というのは考えられなかった。

「そうですか……じゃあ私、やっぱりもっと頑張らなきゃ……」

新しい家族はしっかりと自分を受け入れて、支えようとしてくれている。それなら自分は頑張るしかない。こんなことで負けちゃいけない……

リカの決意宣言のような台詞《せりふ》を聞いて、美音は少し悲しい気持ちになってしまった。

リカは、家族の信頼に応《こた》え、自分の役割を果たすことに必死になっているように思える。彼女の頭の中には、家族なんだから甘えたっていい、支え合って当然、という考えがないのだ。

辛いときは甘える、できないときは助けてもらう。それが家族というものだ、と言う人は多いし、美音もそのとおりだと思う。

ただ、リカの場合、家族になってまだ三ヶ月。傷ついた自分、弱い自分をさらけ出し助けを求めるには、短すぎる時間なのかもしれない。

リカは黙って自転車を押している。美音はリカに、家族には甘えてもいいのだと気付いてほしかった。

「ユキヒロさんがそうしたいなら、お隣に怒鳴り込んでもらってもいいんじゃないかしら……」

要は、美音との関係に横やりを入れられたとき、兄の怜《れい》や祖父の松雄《まつお》のところに直談判に行った。自分のせいで対立を生んだことは申し訳ないと思う半面、美音は彼が自分を想ってくれる気持ちがとても嬉しかったし、それ以後、彼の家族から文句を言われることもなくなった。

リカの場合にしても、ユキヒロが行動を起こせば、案外事態はいいほうに向かうのではないか、と美音は考えていた。

「でもお隣の女将《おかみ》さんはすごくはっきりした方ですから……」

「そうねえ……」

はっきりしているというのは褒め言葉のようだけれど、往々《おうおう》にして——特にショウコの場合はかなりの否定的表現だ。

言わなくてもいいことをはっきり言って、人を傷つける。しかも自《みずか》ら『悪気はない』とか『あんたのためを思って』なんて言葉を添える。自分は決して間違っていないと信じるやっかいなタイプである。その上、もっと悪いことにショウコは、強い相手には簡単にしっぽを巻く。自分より弱そうな相手を捕まえてはもっともらしく『助言』をするのだ。

これまでも、見るに見かねた人が、弱いものいじめはやめろと諭《さと》したことがあった。ところが本人は、心配しているからこその助言だ、そんなふうに取るなんて、それこそいじめじゃないか、なんて食ってかかったのだ。

暖簾《のれん》に腕押し、蛙《かえる》の面《つら》になんとやら……そんな相手に怒鳴り込んだところで、事態が解決するとは思えない、とリカは言いたいに違いない。

「前に勤めていた会社にも、ああいうタイプの人がいました。きっと、言っても無駄だと思います」

「でも、なにも言わなければ、これからもずっと我慢することになっちゃうわ。リカさん、それでもいいの？」

「実際に、ちゃんとできてないんですから、言われても仕方ありません。私が失敗さえしなければいいだけのことなので……」

なぜこんなに失敗ばかりしてしまうのか。学生時代も、会社に勤めてからも、こんなに失敗を繰り返したことなどなかったのに、と、リカは今にも泣きそうな顔になる。

その言葉を聞いて美音ははっとした。リカは客あしらいに不慣れなだけでなく、失敗することにも慣れていないのではないだろうか。

「リカさん、もしかして昔からずっと優等生だったんじゃない？」

「え？」

学校も仕事もそつなくこなしてきた。事務仕事はある意味、勉強の延長のようなもの、新入社員向けの教育もしっかり施《ほどこ》されたし、慣れるのにそれほど時間はかからなかった。

けれど、肉屋の仕事はこれまでとはまったく趣《おもむき》が異なる。義父母や夫は忙しい合間を縫ってあれこれ教えてくれるけれど、人見知りの激しいリカにとって、毎日毎日店に立つだけでも大変だった。

新しい家族に迷惑をかけたくない、なんとか上手くやらなければと緊張するあまり、失敗を繰り返してしまう。失敗するたびに、夫や義父母に申し訳なくて自分を責めまくる。実際は、文句ひとつ言われたことはないというのに――

失敗経験の少ないリカにとって、失敗すること自体がストレスなのではないか。そしてそのストレスが、また新たな失敗を呼んでしまう、という悪循環に陥《おちい》っているような気がした。

「ヨシノリさんやタマヨさんに叱られたことはないって言ってたけど、それって、リカさんに気を遣ってるんじゃなくて、叱るほどのことでもないって思っているだけじゃないかしら?」

「そうでしょうか……」

リカはなお不安そうにしている。美音はさらに話を続けた。

「お嫁さんとはいえ、リカさんは『加藤精肉店』の新入社員みたいなものでしょ? 失敗するのは当たり前じゃない。注文を聞き間違えたら、ごめんなさいって謝ってもう一回聞けばいいし、お肉を量るのだってゆっくりでいいのよ。それ以外の失敗をしても、お肉屋さんに壊れて困るようなものなんて、そんなにないはずだし大丈夫よ」

秤《はかり》はそう簡単に壊れないし、レジが動かなくなっても誰かがなんとかしてくれるだろう。この界隈《かいわい》には、ピーピー鳴っているレジの前で慌てるリカを見て笑い出す客はいても、怒り出すような客はいない。お肉を量るのが遅いといってもせいぜい数分、それが待ちきれないほどせっかちな客なら、量り売りではなく、パック詰めを売っているスーパーに行くだろう。

「今までに、お客さんから苦情をいただいたことはある？」

もちろんショウコさん以外よ、と付け足した美音に、リカははっとしたような顔になった。

「そういえば、ありません」

「みんな、ちゃんと待ってくれたでしょう？」

「はい。慌てなくていいよ、ゆっくりでいいよ、どうせ暇なんだから……って」

「やっぱり……。私たちが『ぼったくり』を引き継いだときもそうだったわ。いろいろ失敗したのに、みんな笑って『いいよ、いいよ』って……。この町はそういう町なのよ。一生懸命な人には優しいの。きっと、自分が慣れなくて大変だったときの気持ちを忘れてないんでしょうね」

「そうですね」

「叱られるかもって思うと緊張しちゃうわよね。でも、安心して。そんなことで叱られたりしないから。今のリカさんは、自分で自分の頭の中に怖い人を作ってる。きっと、周りの人みんながショウコさんに見えちゃってるのね」

実際は誰も叱ったりしない。ショウコはうるさいかもしれないが、彼女の場合は相手が誰であっても同じ。たとえ完璧に仕事をこなしていても、理由を見つけて文句を言うだろう。

「あの人は例外中の例外。このあたりに、あんなに難しい人はショウコさんしかいないわ。リカさんが誰からも叱られてないってことは、みんなは、リカさんが一生懸命だってわかってくれてるってことでしょう？　だからきっと、それでいいのよ」

リカの気持ちを少しでも軽くしたくて、美音はついつい多弁になる。そんな美音の言葉を、リカはただじっと聞いていた。

「面と向かって文句や嫌みを言われるのは辛いでしょうけど、なるべく気にしないようにね。おかしいのはショウコさんのほうなんだから、全自動悪口製造機が置いてあるとでも思って、頑張って聞き流して」

『全自動悪口製造機』という言葉に、リカは少しだけ笑った。でもその笑みは、単に言葉が面白かったから浮かんだだけで、心が軽くなったわけではなさそうだ。美音は、もっとこの人を楽にしてあげられる言葉をかけられればいいのに……と自分が歯痒くなる。

けれどちょうどそこで、曲がり角に着いてしまった。美音の家は右に曲がった先、リカは左……ここで別れざるを得ない。時間も遅いし、これ以上話し続けることはできなかった。

リカが、深々とお辞儀をして言う。

「話を聞いてくださってありがとうございました」

「聞くだけしかできなくて、ごめんなさい。でも、やっぱりユキヒロさんにだけは話したほうがいいと思うわ。リカさんは心配をかけたくないのかもしれないけど、ユキヒロさんにしてみたら、旦那さんなのに悩みを打ち明けてもらえないのは寂しいかも。リカさんだって、悩みがあるのにユキヒロさんが相談してくれなかったら寂しいと思わない？」

「そうですね……。私にぐらい言ってくれても……って思います」

「でしょ？　あんまり重く取られたくないなら、せめて、今日、こんなこと言われちゃったー、ぐらいの感じで」

「……やってみます」

そしてリカは自転車に跨《また》がり、商店街に続く道を走っていった。

†

深夜にリカと出会ってから三日後の夕方、『ぼったくり』のカウンターにはシンゾウとウメが座っていた。

ふたりは揃って本日のおすすめであるマグロとゴボウのしぐれ煮を注文し、盃を傾けている。

マグロとゴボウのしぐれ煮は、マグロとゴボウを酒と醤油《しょうゆ》、みりんで煮込む料理だが、美音は日によって食材の切り方を変えている。脂《あぶら》がのっているマグロは身が崩れやすいため、ゴボウもささがきにして柔らかく仕上げる。反対に、身が締まりやすい赤身のマグロは角切りにし、ゴボウも大きさを揃えて乱切り、さっと煮て歯ごたえを残すようにしているのだ。

今日は赤身のマグロを使ったため、ゴボウは乱切り。ふたりはしゃきしゃきの歯ごたえを楽しみつつ、『この年でもゴボウがちゃんと噛めるのは、日頃の手入れの成果だ』などと、自画自賛し合っていた。

ちなみにシンゾウは『ぼったくり』と同じ商店街で薬局を営《いとな》んでおり、町内のご意見番と呼ばれる知恵者、ウメはかつて芸者をしていたらしいが今は隠居していて、三日に一度現れてはお気に入りの焼酎《しょうちゅう》の梅割りを注文する。いずれも『ぼったくり』の常連である。

「そういや、肉屋の倅《せがれ》が、豆腐屋の婆《ばばあ》にぶち切れたらしいぞ」

シンゾウの、困ったものだと言わんばかりのため息に、ウメがちょっと目を見張る。

「ユキちゃんが？　珍しいこともあるもんだね。いったいなんで？」

「それがさあ……豆腐屋の婆《ばばあ》が肉屋の若嫁さんをちょいちょいいじめてたらしくて、『俺の嫁に余計なこと聞かせるんじゃねえ!』って……」

「ひゃあ……そりゃあ、相当腹に据えかねたんだろうね」

よほど驚いたのだろう。ウメは酎《ちゅう》ハイの中の梅をつついていた箸を止め、口をあんぐり開けた。

「だよなあ……。なんせ、ユキは昔っから喧嘩が嫌いで、よそで誰かに意地悪されてもじっと我慢。家に帰ってから押し入れに潜《もぐ》り込んで泣くような奴だった」

「あたしもタマヨさんから聞いたことがあるよ。ユキちゃんが泣いてるのに気付いて、どうしたんだって訊いても、なんでもないってごしごし涙を拭いたりするんだって。で、翌日には元気になってはしゃぎ回ったりして……本当に辛抱強い子だよ」

世の中には悪口を言うのが大好きという人間がいる。ユキヒロはそれとは正反対の性格で、とにかく誰かを悪く言うのが嫌いだ。たとえそれが根拠のあることであっても、である。なんでも黙って堪えてしまうから争いごとにはならない。

ましてや、自分が争いの種を蒔《ま》くなんてもっての外《ほか》。別に弱虫というわけではないが、ユキヒロは『温厚』を『我慢』でコーティングしたような人物だった。

　さらにその性格は、父親のヨシノリもそっくり同じだ。

　商店街の人々は、売られた喧嘩を片っ端から買って、肉包丁でも振り回された日には物騒で仕方がない、肉屋はあれぐらいでちょうどいいんだ、と笑っている。血気盛んな魚屋であるミチヤは、そいつは俺に対する皮肉か？　なんてくってかかったとかかからなかったとか……

　いずれにしても、『争わない』が代名詞みたいなユキヒロが、あの毒舌家のショウコ相手に一幕演じたと聞けば、誰もが驚かずにはいられない。例外があるとしたら、あらかじめリカから話を聞いていた美音ぐらいのものだろう。

　肉屋と豆腐屋の悶着《もんちゃく》、しかも怒鳴り込んだのが息子のユキヒロときたら、この話はリカの悩みに直結しているに違いない。ユキヒロに伝えたほうがいいと言ったのは自分だ。それが原因で状況がこじれたとしたら、申し訳なさすぎる。美音は肝を冷やしつつ話の続きを待った。

「俺も耳を疑ったけど、どうやら本当らしい。なんでもあの婆《ばばあ》、若嫁さんが嫁に来てからずっと、ちくりちくりいびってたんだってさ。しかも、若嫁さんがひとりのときに限って」

「まったくあの因業婆《いんごう》！　自分とこにも若い嫁がいるんだから、いびりたけりゃそっちでやればいい。なんでよそ様にまで手を出すのかね！」

「ウメ婆《ばあ》、それはそれでちょいと差し障るぜ」

どこの嫁であろうと、いや、嫁でなくても誰かをいびるなんてやっていいことじゃない、とシンゾウは顔をしかめた。ウメはあっさり前言を撤回する。

「そりゃそうだ。あたしも気をつけるよ。それで？」

「ま、ウメ婆がそんなことしないのはわかってるけどな。で、若嫁さんは長いこと辛抱してたらしいんだが、とうとう堪え切れなくなってユキにこぼしたそうだ。あ、こぼしたっていっても『隣の女将《おかみ》さんがいろいろ教えてくださるんだけど、なかなかうまくできなくて、どうしたらいいのかしら……』ってな感じだったみたいだが」

話を聞いた美音は、それはいいアプローチだ、と感心してしまった。ただの泣き言ではなく、困りごとの相談、しかもショウコをどうにかしてほしいというのではなく、自分自身を変えることで問題を解決したいと訴えている。おそらくリカは散々迷った末、このやり方ならもめ事の原因にならないと考えたのだろう。

「なるほど、肉屋の若嫁さん、けっこう頭が切れるんだね」

ウメは美音と同じことを思ったのかしきりに頷いている。その間に、シンゾウは酒が注《つ》がれたグラスに口をつけた。

「お、美音坊《ぼう》、こいつぁ……」

「あんたが酒の話をすると長くなる。怒鳴り込まれた豆腐屋の婆はそのあとどうしたんだい？」

「シンゾウさん、お酒の説明はあとでちゃんとします。だから、とりあえず続きを聞かせて！」

ウメと美音にせがまれて、シンゾウはやれやれといったふうに肩をすくめた。

いったいいつから美音坊はそんな噂好きになったんだい……と嘆かれ、少々恥ずかしく思ったものの、リカ、そしてユキヒロのその後が気になる。ショウコのことだから、こてんぱんにやりこめたのでは？　と心配になったし、同じように考えたのか、ウメの眉間にも深い皺《しわ》が寄っていた。

ところが、ふたりの意に反して、シンゾウはやけに嬉しそうに答える。

「それがさ、驚いたことに、ユキの圧勝」

「え⁉」

「もうさ、生まれてから今まで溜め込んでた罵《のの》り文句を全部出し切ったんじゃないかってぐらい。怒濤《どとう》のごとくおっかぶせて、最後に『今度うちのリカに余計なこと言ったら、豆腐の桶に豚の内臓ぶちこむぞ！』って」

「うわーすごい」

触らぬ神に祟《たた》りなし、と今まで誰もがショウコを放置していた。確かに苦言を呈する者はいたが、本気で立ち向かった人はいなかったはずだ。その彼女に直談判しただけでもすごいのに、最後の台詞《せりふ》が想像させる情景がまたすごい。

豆腐がゆらりと浮いている水桶に豚の……と思っただけで気分が悪くなる。
「婆《ばばあ》は悪いに違いないが、店の豆腐に罪はねえ。それは勘弁してくれ、って見て
た連中が止めたらしいけどなあ」
それはそれでなんだかお門違いな仲裁だね、とウメは呆れる。
いずれにしても、ショウコは怒り狂うユキヒロ相手に一言も返せなかったそう
だから、ユキヒロの気も済んだことだろう。シンゾウはしきりにリカを褒める。
「しっかし、大したもんだよ、あの若嫁さんは」
「うん、見かけによらない」
ウメはどこか嬉しそうに笑って言う。あのユキちゃんにそこまでさせるなんて
よっぽど惚れられてるんだねえ……と。
馨は馨で、ラブラブ熱愛だ、と大喜びしている。
「そのうち、カナコさんを超えるかもね」
「夫婦円満でけっこうなことだ。でも、大したもんだっていうのは、それだけ
じゃねえ。ユキが怒鳴り込んだあと、若嫁さんは菓子折持って謝りに行ったそう

だ。お騒がせして申し訳ありませんでした、って」

「えー⁉ だって、どう考えたって、悪いのはあっちじゃん」

さっきまでにやにやしていた馨が、にわかに怒り出した。ショウコが詫びを入れるならまだしも、その逆なんて考えられない、と大騒ぎである。

「若嫁さん曰《いわ》く、どんな理由があってもお客さんの前で騒ぎを起こしたことに変わりはない、自分が余計なことを言ったせいだ、ってさ」

「ああ……」

そこで美音は、あの夜のリカの様子を思い出した。彼女がしきりに、ユキヒロさんには言えない、と首を横に振っていたのは、こういうことだったのかもしれない。

「まあ、結果はそんな感じだが、そもそも今回の発端もあの婆さんのいびりだったらしい」

シンゾウは、居合わせた客から聞いたという事の顛末《てんまつ》を話し始めた。

なんでもショウコはリカがひとりで店番をしていたときに現れ、ここぞとばかりに嫌みや文句を連ねたらしい。挙げ句の果ては、あんたは本当に役に立たない、あんなに慌てて結婚したのはこの機会を逃したら嫁のもらい手がなくなりそうだったからに違いない、とまで……

おそらくショウコは、自分の息子のほうがずっと前から結婚の予定を立てていたのに、ユキヒロたちのほうが先に結婚してしまったことが気に障ってならないのだろう、というのがシンゾウの推測だった。

「なんだいそりゃ……。そんなのどっちが先だってかまやしないじゃないか」

呆れ果てたようなウメの台詞《せりふ》に、馨もしきりに頷く。

「そうだよ。あとから結婚したから町の人たちに受け入れてもらえなかった、とでもいうならまだしも、みんなして大歓迎、大喜びだったのに！」

「まあ、あれだ。昔っからあの婆さんはユキのことをライバル視してたからな。ヨシノリ夫婦はそんなこと気にもしちゃいねえし、息子同士も仲良くやってるのに」

「まったく迷惑な話だよ……それで？」

「言いたいだけ言って婆さんが意気揚々《いきようよう》と引き上げてった直後に、ユキが配達から帰ってきたんだとさ。若嫁さん、ユキの顔を見るなり涙をぽろぽろーって……かわいそうによう……」

ちょうどその前日の夜、ユキヒロはリカから「隣の女将《おかみ》さんがいろいろ教えてくださるんだけど……」と相談を受けていた。ヨシノリ夫婦にも話したうえで、今夜にでもヨシノリが隣に話をしに行く予定にしていたらしい。ユキヒロは当初、自分の妻のことだから、と自分で話しに行くつもりだったようだが、隣との関係を荒立てないためにも俺に任せろ、とヨシノリに言われ、下駄を預けることにしたようだ。ところが、リカの涙を見たとたんに頭に血が上り、そのまま豆腐屋に突撃してしまったのだという。

「かっこいいなあ……さすがユキちゃん！」

馨は手を叩かんばかりに喜んでいる。小さい頃からかわいがってもらっていたこともあって、馨はユキヒロの大ファンなのだ。

「いい男に仕上がったもんだ。ま、てなわけで、ユキは怒鳴り込んじまった。若嫁さんは豆腐屋の婆《ばばあ》の性格だってわかってるし、それが原因で難癖つけられたら商売に障ると思ったんだろうな。原因は自分にあるんだから自分が謝りに行くって、上等な饅頭《まんじゅう》持って隣へお出かけだ」

ウメは、そこまで気配りのできる嫁さんに、よくも難癖つけられたもんだ、と呆れまくっている。だが、シンゾウはにやりと笑って言う。

「でもな、考えてみりゃ、それで痛手を食らったのはあの婆さんのほうだぜ」

シンゾウの言葉に、ウメは一瞬きょとんとした。そしてしばらく考えたあと、ぱあっと顔を輝かせる。

「そうか。度量の違いを見せつけられたってことだね！」

「そのとおり。ま、若嫁さんをいじめてたことも含めて、あの婆さん、当分顔を上げて歩けねえぞ」

「じゃあ安心。これで一件落着だね。これ以上なんかあったら、豆腐の桶も堪《たま》らないだろうし」

「うわー、想像しただけでゾッとする！　もう桶の話はやめようよ！」

馨が悲鳴を上げ、そこで肉屋対豆腐屋の話は終了となった。

　さてさて、とばかりにシンゾウが訊いてくる。

「で、美音坊、この酒は？」

「ああ、ごめんなさい。なんだと思います……って訊くまでもないですよね？」

「このキレと、香りは……」

　そこでシンゾウは、もう一口酒を含み、じっと考える。だがそれはただのポーズ、シンゾウはもうとっくにこの酒の銘柄を見破っているはずだ。なぜなら、この酒はこれまで何度もシンゾウに出しているし、彼のお気に入りの銘柄だからだ。

「このまろやかさと香りは、水芭蕉《みずばしょう》……うん、純米吟醸だな」

「はい、正解です」

『水芭蕉　純米吟醸』は群馬県最北部、川場村《かわばむら》にある永井《ながい》酒造が醸《かも》す酒である。尾瀬《おぜ》の大地に濾過《ろか》された水と兵庫県で契約栽培された山田錦《やまだにしき》、そして明治十九年以来伝えられてきた技術によって造られるこの酒は、まろやかな甘みと果物を思わせる吟醸香《ぎんじょうか》が持ち味である。

ただこの『水芭蕉　純米吟醸』は一年を通じて販売されており、『ぼったくり』の冷蔵庫の常連でもある。晩秋から冬に入ったばかりのこの季節、美音としては同じ『水芭蕉　純米吟醸』でも季節限定の『ひやおろし』をすすめたいところだった。だが、今、冷蔵庫の中に『ひやおろし』はない。

残念な思いが顔に出たのか、シンゾウがくすりと笑った。

「『ひやおろし』を出せないのが悔しいのかい？」

「……そのとおりです。ごめんなさい」

実のところ、美音は今年『水芭蕉　純米吟醸　ひやおろし』を確保できなかったのだ。

今年の夏以降、美音の身辺はとにかく賑《にぎ》やかだった。賑やかというよりも激動と言っていいほどである。

ひとりの客にすぎなかった要との関係が深まり、それに起因して賞味期限切れの鰻《うなぎ》を使ったことをネットでさらされるという、店の存続を左右するような事件もあった。

その後も、常連客であるノリの介護問題、祖父にサツマイモの茎を食べさせたい少年、七五三のお祝いに悩むマサの孫娘の話……と心配事が相次いだ。中でも大きかったのは、要のプロポーズから始まった一連の騒動だ。あれはほとんど要の母である八重《やえ》が引き起こしたようなものだったが、原因が美音の告げ口にあることは間違いない。要には本当に気の毒なことをしてしまったと、反省することしきりだった。

とにかく、そんなこんなで美音は心身ともに忙しく、気が付いたときにはすっかり秋が深まっていた。慌てて秋の酒をチェックし、発注しようとしたものの『水芭蕉　純米吟醸　ひやおろし』はすでに売り切れ、美音は入手することができなかったのだ。

『ひやおろし』は、冬に搾った酒を春先に火入れし、涼しい蔵で夏を越させたあと出荷される秋限定のものである。一説には、蔵の温度と外気温が同じになるころに出荷されるとも言われているが、その出荷時期については蔵元に委《ゆだ》ねられ、ボージョレヌーボーのように厳密な決まりがあるわけではない。

もちろんそれは酒の熟成を見極め、最高の状態で出したいからこそなのだが、仕入れる側にとっては少々辛い。常に情報に気を配り、注文しなければならないのだ。

特に、『水芭蕉　純米吟醸　ひやおろし』は人気が高い酒で、あっという間に品切れになる。だからこそ毎年発売情報をこまめにチェックし、買いそびれないようにしているのに、今年はそれができなかった。それもこれも、すべて美音自身のせいだった。

「ごめんなさい。『水芭蕉』のひやおろし、来年は必ず入れるようにしますね」

「気にしなさんな。『水芭蕉』はひやおろしじゃなくても十分美味いし、秋は今年で終わりってわけじゃねえ。来年を楽しみに待たせてもらうよ」

「ありがとうございます」

シンゾウの言葉にほっとして、美音は深く頭を下げた。

「ってことで、酒のおかわりとなんかつまみをもらおうかな」

すかさず馨が『水芭蕉　純米吟醸』の瓶を取り出し、シンゾウのグラスに注《つ》ぎながら言う。

「シンゾウさん、今日のおすすめは、秋鮭のちゃんちゃん焼きでーす！」

「おー!!　いいねえ、味噌をたっぷりのせてくれよ」

「あたしも同じのをもらおうかね」

「了解！　鮭のちゃんちゃん焼きふたつ！」

秋鮭が出まわるころ、美音は北海道の名物料理であるちゃんちゃん焼きを作る。本来は、鉄板の上で、鮭の半身にもやしや玉葱《たまねぎ》、キャベツ、ピーマンといった野菜や茸《きのこ》をふんだんにのせ、みりんや酒、味噌の味つけで豪快に焼き上げる料理であるが、『ぼったくり』に大きな鉄板を持ち込むわけにもいかないため、大ぶりのホイル焼きに仕立てることにしている。

それでも、大きな切り身をふたつ使い、たっぷりの野菜、腹持ちのいいジャガイモまでのせてしまうちゃんちゃん焼きは、ボリュームたっぷり。ウメなどはご飯はいらないと言うぐらいだった。

「おまちどおさまでした」

美音は焼き上がったちゃんちゃん焼きを皿に移し、カウンター越しに差し出した。

普通のホイル焼きよりもずいぶん大きいため、焼き上げるのにも時間がかかる。シンゾウもウメもそれは承知の上での注文なのだが、やはり申し訳なく思ってしまう。

いつもの『お待たせしました』ではなく『おまちどおさまでした』と言う美音を軽く笑いながら、シンゾウとウメはホイルの折り目をそっと開いた。とたんにもわっと湯気が立ち上り、店内に味噌の香りが広がっていく。

「あーもう冬が来るんだねえ……」

湯気が疎《うと》ましくなくなったら秋。それを通り越して恋しくなったらもう冬は近い――

ウメは毎年、ちゃんちゃん焼きのホイルを開けるたびにそんなことを言う。

野菜から出た水分でちょうどよく緩められた味噌を鮭に絡め、酒と交互に口に

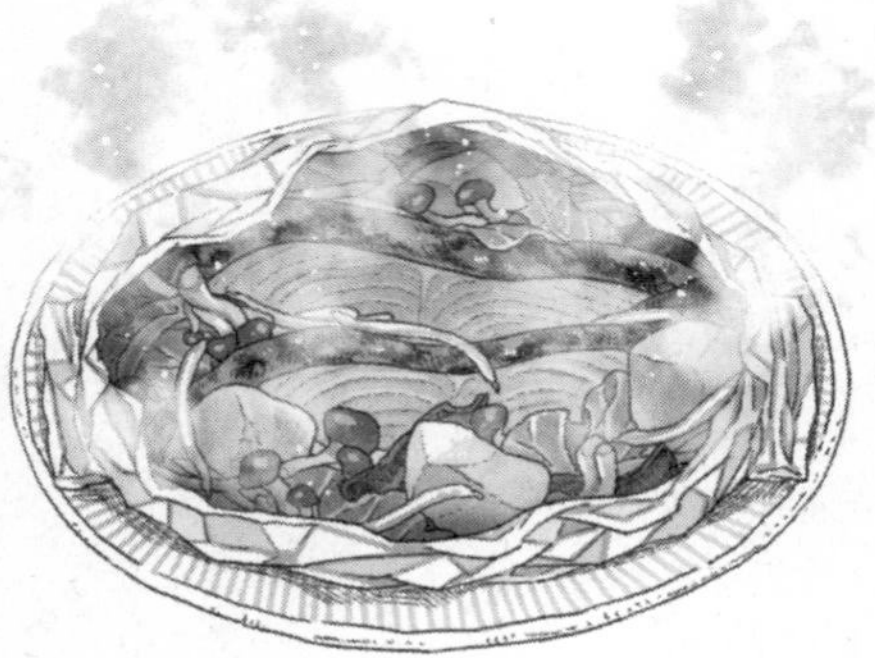

運びながらシンゾウが呻く。

「うめえなあ……。寒くなるのは困りもんだが、やっぱり冬は旨いもんが多い」

「あら、夏ならではの美味しいものもたくさんありますよ?」

「まあな。とはいえ、燗酒《かんざけ》はやっぱり冬だよ」

「シンさん、冷酒呑んでるのに、なにを言ってるんだか……。その点、梅割り一辺倒のあたしは夏でも冬でもござれ。ほんと、梅割りはなんにでも合うからいい」

ウメがご贔屓《ひいき》の焼酎《しょうちゅう》の梅割りを褒めあげる。

味噌の柔らかい香りが漂う中、静かな夜が更けていった。

†

その夜、要が現れたのはいつもどおり閉店間近だった。

今日のおすすめがちゃんちゃん焼きだと知った要は、日本酒ではなくビールが呑みたいと言った。

「冷酒も捨てがたいけど、舌を焼くほど熱い料理って、やっぱり冷たいビールがほしくなるんだ。まあ、これは俺の場合で、人それぞれだろうけど」

そんな言い訳しなくてもいいのに、とおかしくなるが、これは要が『ぼったくり』が日本酒に力を入れている居酒屋で、美音も馨もことさら熱心に学んでいると知っているからだろう。

「ご心配なく。同じようにおっしゃるお客様はたくさんいらっしゃいますよ。たぶん、餃子《ぎょうざ》と同じ扱いなんじゃないでしょうか？」

「あーそうそう、そういう感じ」

「でしょ？　ちょうどちゃんちゃん焼きに合いそうなビールを見つけたところな

んです」

そう言いつつ、美音は冷蔵庫から一本のビールを取り出した。

小ぶりな瓶に貼られているラベルは深い青。真ん中に『COEDO』というブランド名、その下に『Ruri』と書かれている。『COEDO』は小江戸を意味し、埼玉県川越市《かわごえし》にあるコエドブルワリーが造っているクラフトビールである。

美音はこのビールに『スーパー呉竹《くれたけ》』の店頭で出会った。その日は日曜日で、馨にせがまれて餃子《ぎょうざ》をたくさん作り、餃子ならビールがなくちゃ！ ということで、姉妹で『ショッピングプラザ下町』に出かけたのである。

家で呑むのだから手軽な国産で……と思っていた美音は、ショーケースに並んでいた目が覚めるような深い青に引かれて手に取った。てっきり外国産のビールかと思ったら国産、しかも関東で造られている地ビールで、これは是非とも呑んでみなければ！ とそのままレジに運んだのだった。

期待一杯でグラスに注《つ》いでみると、ピルスナー特有のレモン色。味わいは思いの外《ほか》フルーティで軽く、餃子にはぴったりだった。これならドイツビール、しかもピルスナーを好む要の舌にも合うだろうと考えて、改めて『ぼったくり』で仕入れたのである。

　このビールには瓶と缶の両方があり、元々美音が買ったのは缶だった。あの深い青をそのまま店に置きたいと思ったけれど、やはり居酒屋としては瓶のほうが好ましい。缶しか製造されていないならまだしも……と泣く泣く店用には瓶を仕入れたが、その後も自分用にはずっと缶を買っている。美音にとってこの『COEDO Ruri』は中身が素晴らしいだけではなく、容器まで含めてもお気に入りのビールだった。

「これ……日本のビールだよね？」

「ええ、それが何か？」

「ドイツビールみたいにクリアで、ベルギービールみたいにフルーティだ。なんかすごいよ」

「でしょう!?」

　美音は自分が選んだビールが要のお眼鏡に適《かな》ったのが嬉しくて、つい声を高くしてしまった。

要は目を輝かせている美音を尻目に、ビールとちゃんちゃん焼きのコラボレーションに夢中。その姿はさらに美音を喜ばせる結果となった。

お客さんが喜んでくれるのが嬉しいのは当然だけど、要が喜ぶ姿を見るのは格別だ。逆に、彼が悲しんでいる姿を見るのは辛いし、もしそんな状況になったら自分にできることはないかと考えるはずだ。

『加藤精肉店』のユキヒロが『豆腐の戸田』に怒鳴り込んだのも、そんな気持ちからだったのだろう。もしも要が誰かに虐《しいた》げられ、辛い思いをしていると知ったら、美音だってできる限りのことをしたいと思うはずだ。もっとも、自分がショウコをやり込められるとは思えなかったけれど……

「どうしたの？　難しい顔をして」

要の声がした。ビールとちゃんちゃん焼きで人心地ついて、ようやく口を飲食以外のことに使う気になったのだろう。食べたいときに食べ、話したいときに話す。沈黙が邪魔にならない関係を築けていることに満足を覚えながら、美音は『豆腐の戸田』の一件について要に話してみた。

　その底には、もしも自分がリカと同じような目に遭《あ》っていたら、要がどんな反応をするのか知りたいという気持ちがあった。

「ふーん……それはまた、大騒ぎだったんだね。普段あんまり争いごとを好まない人が、そこまでするんだから相当腹に据えかねたんだろう」

「でしょうね。私から見てもリカさんはものすごく辛そうでしたから」

「どこにでもそんな婆さんはいるからなあ……」

「要さん、もし私がそういう目に遭ってたらどうします？」

　どう答えてほしいのか自分でもわからないまま、美音は要の答えを待った。

「隣の意地悪婆《ばばあ》にいじめられてたらってこと？」

「まあ……そうですね」

「どうしてほしい？」

「質問に質問で答えるのはずるいです」

美音の言葉に、要は困ったような、少し面白がっているような顔で答える。

「じゃあ選択肢を出そう。三つの中から好きなのを選んで」

「はい？」

「その一、突撃して罵詈雑言《ばりぞうごん》を浴びせかけて、ぐうの音《ね》も出ないほどやっつける」

「ユキヒロさんと同じですね」

要がそれをやったら、ユキヒロの三倍は怖いかもしれない。たぶん、鉄壁の理論構成でやり込めまくるだろう。でもまあ、一番一般的、かつ手っ取り早い対応である。

「その二、裁判所に持ち込んで、誹謗中傷《ひぼうちゅうしょう》で訴える」

「う、訴える？　そんなことで裁判沙汰にするんですか⁉」

美音は、たかがご近所間のもめ事にそれはちょっと……と怯えてしまう。そんな美音を鼻で笑って、要はさらにひどい選択肢を示した。

「その三、正々堂々なんてかなぐり捨てて、闇から闇へ」

要の、右手を軽く首にあてすっと滑らせる仕草を見て、美音は仰天した。

「なんて物騒なこと言うんですか！　それは犯罪ってものです！」

「蛇《じゃ》の道は蛇《へび》っていうだろ？　昔の仲間に頼めばそれぐらいのこと平気で……」

「だめです！　そんなことしたら要さんが捕まっちゃいます！」

せめて笑ってくれれば冗談だとわかるのに、要の表情には一片の緩みもない。

おそらく彼は本気なのだろう。さらに真面目な顔のまま付け加える。

「おれは、大事な人を傷つけられて黙っていられるほど温厚じゃない。たとえ周りの目には些細《ささい》なことに映ったとしても、君が傷ついたと感じたならそれが真実だ。おれはそれを君に感じさせた者を許さない。どうあっても報復するし、そのための手段は選ばない」

「要さん……」

「この際だから言っておくけど、君は、自分が傷つくことなんか気にもせずに、どこにでも突っ込んでいく癖があるよね。でも、おれはそれがすごく心配だし、なにかあったらと思うといたたまれない。おれがそう思ってるってことを君にもちゃんとわかっててほしい」

あまりにも真剣にそう言われ、美音はゴクリとつばを呑み込む。

「わ、わかりました！　わかりましたから、法律に触れるようなことはしないでくださいね！」

「本当にわかってる？」

「わかってます。了解です！」

だからその物騒な目の色を引っ込めて、と美音は全力で諌《いさ》める。

要が自分を想ってくれる気持ちはありがたいが、いくらなんでもそれはやりすぎだ。

美音が何かに傷つくたびに、いちいちそんなことをされては、美音の社会生活は壊滅、普通に暮らすこともできなくなる。

要という人間の本質は、自分が考えているよりも遥かに恐ろしいのではないか。そんな気がして美音は背筋が冷たくなる思いだった。

一方要は、美音の怯えた顔に大いに満足そうだった。

「うん。それぐらいでちょうどいいよ。君が嫌な目に遭《あ》ったら、おれが何をするかわからないと思って、あんまり危ないことに首を突っ込まないこと」

要に念を押され、美音はこくりと頷いた。これでよし、とばかりに笑みを浮かべ、要は今度は美音に訊《たず》ねてくる。

「で、君は？」

「え？」

「君を傷つける者はおれが許さない。じゃあ、おれが傷つけられたら君はどうする？」

さっきの剣呑さはすっかりなりを潜《ひそ》め、今の要はまるで甘える子どものようだった。その変わり身の早さはいったいどこで身につけたの？　と問い質《ただ》したくなる。

ちょっと悔しくなってしまった美音は、あえて素っ気なく答えた。

「どうにもしません」

「うわあ……まさかの全力で放置？」

ううーっと呻《うめ》いたあと、要はカウンターにつっ伏した。その芝居がかった仕草を笑いながら、美音は大ぶりの椀を彼の鼻先にとんと置く。味噌の香りにはっと頭を上げ、要は椀に見入った。

「アラ汁か！」

「ええ。ちゃんちゃん焼きのために鮭を丸ごと仕入れたら、アラがたくさん出たんです」

目に染みるようなネギの緑と、あちこちに覗く鮭の桃色。椀から立ち上る湯気の行方を要はしばし目で追う。そんな要に、美音はそっと囁いた。

「慰《なぐさ》めてあげますよ」

ぼんやり湯気を追っていた目が、今度は美音に向けられた。

「私には、要さんみたいに相手をやっつける力はありません。でもちゃんと慰めてあげます」

「慰めてくれるの？」

「慰めて、癒《いや》して、傷なんて忘れさせてあげます。だから、もしもどこかで辛い目に遭《あ》ったら、迷わず私のところに来てください」

そして美音はにっこり笑った。

「もうその笑顔だけでいいような気がするよ……」

「そうですか？　簡単ですね」

からからと笑ったあと、美音は改めてアラ汁をすすめた。

「熱いうちにどうぞ」

要は慌てて箸を取り、汁をずっと吸い込む。

「あちっ！」

「大丈夫ですか？　火傷《やけど》しました⁉」

瞬《また》く間に表情を変え、心配一色に染まった美音に、要は啞然としている。変わり身が早すぎるとでも思っているのかもしれない。

「なんかもうおれ、太刀打《たちう》ちできそうにないよ……」

それは私の台詞《せりふ》です――

思わずそう言い返したくなった。

要はこれまで、美音自身がどうにもならないと投げ出しそうになった問題を、片っ端から解決してくれた。

どんな経験を積み、どれほどの知識を蓄積すれば彼のようになれるのだろう、とため息をつくばかりだった。今は、彼が歩んできた道のりもちゃんとわかっている。それでもなお、この人には敵わないと思わされるのだ。

だが、彼は今、とても満足そうにアラ汁を味わっている。こんなことで反論するには、無粋すぎる場面だった。

要は椀の中から大根を一切れつまみ上げ、じっくり眺めたあと口に入れた。

「ああ……味噌がよく染みてて、なんだかすごく懐かしい感じの味だ。このアラ汁さえあれば、身も心もぽっかぽかだな」

「じゃあ、私は用なしですね。今度要さんが落ち込んだときは、下手に慰《なぐさ》めなんて言わずに、アラ汁を出すことにします」

そう言ったとたん、要が噴き出した。しばらく笑い続けたあと、彼は息も絶え絶えで言う。

「もしかして君、アラ汁に焼き餅やいてるの？」

「え……そんなつもりは……」

口ではそう答えながらも美音は、要の指摘は間違っていないとわかっていた。心のどこかに、アラ汁さえあればいいのね、という気持ちがあったからこそ、そんな台詞が口をついたのだ。

こんなに嫉妬《しっと》深い性格ではなかったはずなのに……と落ち込みそうになるが、よく考えればこのアラ汁だって美音が作ったものなのだ。焼き餅なんてやく必要はない。

「アラ汁を作って出すことだって、慰め方のひとつ。どっちも私です」

半ば開き直りのような台詞に、また要の笑いが復活した。

ゴボウのむき方

最近はカット済みのゴボウもたくさん売られていますが、皮つきのまま売られているゴボウは風味や食感が段違いな気がします。でも、気になるのは皮の処理。洗い物に使っているタワシで食材をごしごしするのは気になるし、包丁やピーラーでは削りすぎ。なんといっても、ゴボウの美味しさと栄養は、皮の部分にたくさん含まれているのです。衛生的で、味や栄養を損なわず、なおかつラクチンなのは、アルミホイルを使う方法です。アルミホイルを適当な大きさに切ってくしゃくしゃに丸めてこするだけ。きんぴらや煮物、炊き込みご飯にお鍋……さあ、美味しく召し上がれ！

水芭蕉　純米吟醸

永井酒造株式会社

〒378-0115
群馬県利根郡川場村大字門前 713
TEL：0278-52-2311
FAX：0278-52-2314
URL：http://www.nagai-sake.co.jp

COEDO 瑠璃 -Ruri-

コエドブルワリー

〒350-1150
埼玉県川越市中台南 2-20-1
TEL：0570-018-777
FAX：0493-39-2848
URL：http://www.coedobrewery.com

お助け栗きんとん

枝豆のガーリック炒め

栗きんとん

サツマイモの皮のきんぴら

「もー、あの豆腐屋の婆《ばばあ》ときたら！」

珍しく木枯らしがお休みしたような冬の午後、馨が怒りを堪えきれない様子で店に入ってきた。

馨は、開店に備えて店の周りを掃除していた。いつもならささっと終わらせて戻ってくるのに、今日に限って時間がかかったのは、途中で通りかかった誰かと話し込んでいたせいだろう。

外から聞こえてくるのは馨の声ばかりで、相手の声は聞こえなかった。馨の言葉遣いから考えて同年代だろうと思っていたが、『豆腐の戸田』の話が出たところを見ると、相手は『加藤精肉店』のリカだったようだ。彼女の控えめな声と話し方では、引き戸のこちらまで届かなくても無理はない。

夕刻は美音も馨も開店前で慌ただしくしている。近隣の人たちはそれをよく知っているため、声をかけるにしても挨拶程度で、話し込んだりせずに通り過ぎる。こんなに話が続いているのは、何か問題でも起こったせいだろうか、と気にしていたが、戻ってくるなりこの台詞《せりふ》である。

美音は、とりあえず馨の言葉遣いの悪さを窘《たしな》めたあと、事の次第を訊《たず》ねてみた。

「表にいたのはリカさんだったのね」

「そうだよ、ユキちゃんのお嫁さん」

「珍しいわね、こんな時間に外を歩いてるなんて。もしかして、またショウコさんに何か言われたのかしら……」

『加藤精肉店』は、今も営業中。しかも仕事帰りの客たちが詰めかける時刻である。美音は、書き入れ時なのにリカは店にいなくても大丈夫なのだろうか、またショウコに嫌みを言われ、とうとう堪えきれなくなって出てきてしまったのでは？　と心配になった。

「うん。あたしもそれが気になって、ついこっちから声をかけちゃったんだけど、リカさん、お遣いの帰りだったの」

「お遣い？」

「シュンくんに頼まれて、駅前まで本を買いに行ってきたんだって」

「本？」

思わず首を傾げた美音に、馨はリカの頼まれごとについて話し始めた。

「マリさん、赤ちゃんができたんだって。それでシュンくん、リカさんに妊婦さん向けの雑誌とか本とか探してきてくれないか、って頼んだみたい」

マリは、ユキヒロとリカが結婚してから一ヶ月ぐらいあとに、豆腐屋の息子シュンと結婚した女性である。

ショウコは「よくできたお嫁さん」と散々自慢していたが、そのマリがおめでたとあってはさぞや鼻息を荒くしていることだろう。

「よかったわねえ、きっとご家族も大喜びでしょう」

「うん、よかったのはよかったんだけど、今、つわりがすごいんだって……」

マリはもともと元気いっぱいで、『明るい』を絵に描いたような性格だった。それなのに、少し前から体調が優れないらしく、店に立っていても覇気《はき》がない。顔色もよくないし、疲れが出たのだろうか、と心配していたところにおめでたが判明、家族は安堵した。ところが、ほどなくしてひどいつわりが始まってしまったのだという。

それまで食べていたものはおろか、大好物ですら受け付けず、吐き気が治まらない。困ったことに、なにより辛いのが、豆乳の匂いだそうだ。豆腐屋が豆腐を作らないわけにはいかず、早朝から豆を煮て漉《こ》す作業は続けられているが、マリは手伝うことができない。

古い建物のせいか、二階にある若夫婦の部屋に閉じこもっていても、豆乳の匂いは流れ込んでくる。そんな中、マリは食事も取れず、ただただぐったりと横になっているらしい。

「うわあ……つわりってそんなにきついものなのね」

思わず美音は呻《うめ》いてしまった。

ひどい人はひどいと噂には聞いていたが、そこまでとは思ってもみなかった。個人差が大きいという話だし、なにより美音の母が馨を産んだとき、そんなに辛そうにしていた記憶がない。

それどころか、あまりにも普段どおりだったために、しばらく妊娠に気付かなかったほどなのだ。家族が増えるとわかったあとも、まったく生活を改めることなく、母はことあるごとに父に叱られていた。

先般、里帰りしてきていたシンゾウの娘モモコにしても、話を聞くまで妊娠していることに気付かなかったほどだし、美音は重篤《じゅうとく》なつわりを抱えた人を見たことがなかったのである。

「うん、きついっていうか、もうね……瀕死の重症って感じらしい。それでシュンくんは、妊婦さん向けの雑誌とか本とかなら、つわり対策も書いてあるんじゃないかって」

本来なら自分が行くべきだとはわかっている。現に、シュンも一度は書店に足を運んでみたらしい。けれど、妊婦向けの雑誌など手に取ったこともないし、売り場にいるのは女性ばかり。その間に入り込んで必要な情報が載っているか調べる勇気も持てず、買えないままに戻ってきてしまったそうだ。

「シュンくん、お父さん失格だって言われるのはわかってるけど、とにかく恥ずかしくて……って言ってたんだってさ。まあ、気持ちはわからないでもないよね」

「それでリカさんにお願いして行ってもらったのね」

「じゃなくて、頼んだのはユキちゃん。シュンくんから話を聞いたユキちゃんが、リカさんに代わりに行ってやってくれないかって」

麗《うるわ》しき男の友情だ、と馨はクスクス笑った。

妊婦向けの雑誌などわからないのは同じだろうが、リカであれば売り場にいても違和感はない。

雑誌の表紙や本の目次をチェックして、役に立ちそうなものを選ぶことぐらいできるはずだ。ユキヒロから頼まれれば、リカが断るはずがなかった。

「それだけじゃないんだよ。ユキちゃん、ヨシノリさんとタマヨさんに『ちょっとリカに買い物を頼んだから』って言ったんだって。そしたらタマヨさん、たまには駅前のカフェでお茶でもしてこい、ってお小遣いまでくれたって。リカさん、『パフェ食べちゃいました』って、嬉しそうに話してくれた」

「あらあら……」

リカだって、パフェを食べるお金ぐらい持っていただろうに、わざわざお小遣いを持たせるなんて素敵すぎる。そうでもしないと、本を買うなりさっさと帰ってきてしまうとわかっているのだろう。タマヨの心遣いに、美音は心が温まった。

とはいえ、気になるのはマリの体調、そして馨を激怒させたショウコの振る舞いだった。馨は店に入ってくるなり『あの豆腐屋の婆《ばばあ》』と言ったのである。余程のことを聞かされたのだろう。

「それで、ショウコさんは……」

その言葉で、馨がはっとしたように美音を見た。それまで男同士の友情と、円満な肉屋一家の様子に頬を緩めていたのに、一気に表情が厳しくなる。

「あーーーー！　思い出した！　あの婆、ほんっとに頭にくる！」

「だから、ショウコさんがどうしたの？　私にわかるように話してくれない？」

ショウコは先般、リカに嫌がらせを繰り返し、激怒したユキヒロにこっぴどくやり込められた。それなのに、反省もせずにリカをいじめたのかと美音は心配になった。

「お店から出かけていったリカさんを見つけて、また何か言ったの？」

だが、馨はため息とともに首を左右に振った。

「そうじゃなくて、今度のターゲットはマリさんなんだよ」

ユキヒロに怒鳴り込まれ、リカに嫌がらせができなくなったショウコは、その鬱憤《うっぷん》をマリにぶつけていたらしい。マリは、リカとは違ってショウコのような人の扱いに慣れていたようで、時には神妙なふりで話を聞き、時には喧嘩にならない程度に言い返したり……と上手く付き合っていたそうだ。

ところが、ある日を境にそれができなくなった。とにかく体調が悪くて、それどころではなくなってしまったのだ。

今までなら受け流せたことのひとつひとつが気に障る。おまけに感情を隠すことができず、眉間に皺《しわ》が寄ったり、ため息を漏らしたりしてしまう。

姑《しゅうとめ》の相手も満足にできず、いつも具合が悪そうにしている。さらに、豆乳の匂いを受け付けられず、二階に引きこもったまま。そんなマリを、ショウコが快く思うわけがない。

それまで、よくできた嫁だ、肉屋の若嫁もうちの嫁を見習えばいいんだ、と散々持ち上げていたくせに、あっという間に『使えない嫁』に格下げ。食べ物で商売をしているのに、病人が出ちゃ洒落《しゃれ》にならないとか、体調が悪いのは気合いが足りないからだとか、ねちねちと嫌みを言ったらしい。

マリは実際に仕事ができていないのだから、言われても仕方がないと我慢していたそうだ。だが、見るに見かねたショウコの夫、イツジが苦言を呈した。苦言を呈す、といえば聞こえはいいが、本当のところは盛大な夫婦喧嘩、最後はイツジがショウコに三行半《みくだりはん》を突きつけかねない勢いだったらしい。

結果としてショウコのマリへの嫌みはやんだけれど、家の中の雰囲気は最悪。そこでようやく妊娠が判明し、体調不良の正体がつわりだとわかった。いくらおめでたい話だとはいっても、つわりは日に日に重くなり、母子ともに心配でならない状況とあっては、家族の雰囲気が明るくなるわけがなかった。しかも、ショウコは直接文句を言うことこそなくなったものの、全部あんたのせいだ、と言わんばかりの眼差しをマリに向けるらしい。

「リカさん、こんなことならやっぱり私が我慢しておくべきだった、そうすればマリさんがあんな目に遭《あ》うこともなかったのに……ってすごく気にしてた」

「なんなのそれ。要するにショウコさんはちっとも懲《こ》りてないってことなのね」

「まったくね。そうだ！　もういっそ、ユキちゃんに頼んで本当に水桶に豚の……」

ユキヒロがショウコに文句を言いに行ったとき、これ以上続けるなら『豆腐の桶に豚の内臓をぶち込むぞ』と脅したことがあった。周囲の制止で未然に防がれたけれど、それぐらいやらないとショウコには通じない、と馨は息巻く。

シュールな光景が目に浮かび、美音は悲鳴を上げた。

「馨、それやめて！」

「だよね。そんなことしたって、あの図太い婆さんなら味噌でも突っ込んで、もつ煮込みにしちゃうだけかもしれないしね」

わあ、ありがとう、グロテスクなイメージが一気に美味しそうに変わったわ、なんて密かに感謝したものの、やっぱりため息は止まらない。

「ショウコさんって、誰かの悪口を言っていないと息ができないのかしら？」

「それならもうずっと黙ったままで、息ができなくなればいいよ」

「馨、それは言いすぎ。でも、マリさん、それじゃあどうにもならないわよね」

つわりは横になっていれば楽になるというものではないらしい。ただでさえ具合が悪いのに、家の中の雰囲気まで最悪となったら具合は悪くなる一方だろう。

「ご実家は遠いんだっけ？　ちょっと里帰りして休ませてもらってくるとか？」

具合が悪いときに実家に頼る人は多いはずだ。マリだってそうすればいい、と美音は考えた。だが、馨によるとそれも難しいらしい。

「北海道なんだって。しかも、お母さんが亡くなられてて、お父さんだけみたい」

「北海道か……ちょっと遠いねえ。でも身体のことを思ったら帰ったほうがいいように思うけど」

「マリさん、リカさんに言ったんだって。今帰ったら、もうこっちに戻ってこられなくなるかもしれないって……」

こんな状況で逃げ出して、ショウコがいない環境に慣れてしまったら、おそらく自分はもうこの人とは一緒に住めないだろう。豆腐屋というのは、早朝というよりも深夜に近い時刻から仕事を始める。通いが不可能とは言い切れないが、通勤の必要がないほうが楽に決まっている。

親夫婦と別居はできない。自分がここに帰れなければ夫との生活もおしまいだ。シュンと離れたくないなら我慢するしかない。つわりなんだからもう少ししたら治まるに違いない――

マリを心配して様子を見に行ったリカに、マリはそんな話をしたらしい。

「でも、そんな調子じゃ、つわりが治まるかどうかわからないじゃない。だってつわりって体質もあるけど、精神的な要素も大きいんじゃないの？　ストレスが大きいとひどくなるとか……」

「うん……リカさんも同じ心配してた」

リカ自身、何ヶ月もショウコのターゲットにされていたのだから、辛さは身にしみているだろう。

ましてやマリは妊娠中なのだ。そんな状態では、お腹の赤ん坊だって満足に育たないかもしれない。それどころか、マリの身体は衰《おとろ》えるばかりになってしまうだろう。

「やっぱり、いったんご実家に帰ったほうがいいと思うわ」

「それにしたって、今のままじゃ動くに動けないよ。とにかく体力を回復させないと」

「そうね……」

ちょっとでも食べたほうがいい、食べられそうなものがあれば用意するとリカが言っても、力なく首を横に振るのだそうだ。

何も食べたくない、食べてもどうせ吐いてしまうから……と。

「リカさん、このままじゃ入院することになっちゃうって、すごく心配してた。それで、なにかつわりでも食べられそうなものを知らないかって訊かれたよ。お姉ちゃんは料理のプロだし、つわりのときでも食べやすい料理も知ってるんじゃないか、って」

「うーん……」

リカは、馨に状況を話しているうちに、相手が飲食業を営《いとな》んでいることを思い出したのだろう。その結果、つわりでも食べられる料理を教えてほしい、という依頼に辿り着いた。話の流れとしては自然だったが、なかなか難しい依頼である。

これが食べたいと頼まれれば、作ることはできる。店の常連なら嗜好だってある程度わかっているから、さらに容易だ。けれど、普段どんなものを食べているかも、味付けの好みもわからない相手に合わせて料理を作るのは簡単ではない。ましてや、今のマリは何を食べても吐いてしまうような状態なのだ。

シュンは雑誌や本に頼ろうとしたようだが、それ以前に、インターネットなどで調べたはずだ。おそらくネット上にある情報を頼りに、食べられそうなものを片っ端から試したに違いない。

それでも駄目で、ならば本や雑誌ならより専門的な知識が集められているはずだと思ったのかもしれないが、それだってマリに合うという保証はない。リカは少しでも選択肢を増やすために、身近にいる料理のプロに頼ることを思いついたのだろう。

気持ちはわかるけど……と美音は途方に暮れそうになる。それでも薄暗い部屋で臥《ふ》せっているマリや、彼女を心配している人たちの気持ちを考えれば、断ることはできなかった。

「お任せあれ、なんて言えそうにないけど、ちょっと考えてみるわ」

「あたしも考える。マリさん、元気が出るといいね……」

元気いっぱいに豆腐屋の店先に立っていたマリの苦境を思って、姉妹はまた深いため息を漏らした。

その夜、帰宅した美音と馨は色々なレシピ本やインターネットを駆使して、つわりのときでも口にしやすそうな食べ物、そしてその調理方法について調べてみた。

その結果、口当たり、喉ごしの良さ、料理の温度、匂いの強弱などが大事だと判断し、いくつか料理を考えた。だが、マリがどんな味付けを好むかがわからない。なにも口にできない状態ならばなおさら、少しでもマリの好みに近づけるべきだろう。

いずれにしても、今から作っても届けられる時間じゃないし、それならシュンにでも訊いてから……ということで、実際に料理を作って届けるのは翌日ということになった。

†

翌朝、いつもどおりに自宅を出た美音が『ぼったくり』に到着すると、引き戸の前に小さな人影があった。時刻はまだ九時過ぎ、商店街の店だってほとんど開いていない。こんな時間から、なぜうちの前に立っているのだろう……と思って見ると、それは『豆腐の戸田』のショウコだった。

リカへのひどい仕打ちに加えて、昨日マリの話も聞いたばかり。正直、この人にはあまり関わりたくないと思ったけれど、店の前で待ち構えられては逃げ出すわけにもいかない。

やむなく美音は、平静を装《よそお》って挨拶をした。

「おはようございます」

「ああ……ああ……美音ちゃん……！」

そう言うなり、ショウコの目からぽろぽろと涙が転がり落ちる。驚いた美音は、ショウコに駆け寄った。

「あ、あの……ショウコさん？　どうされたんですか？　どこか痛いところでも……」

だが、ショウコはその問いに答えもせず、いきなり両手で美音の腕を掴んだ。そして、まるで命綱のようにすがりつつ悲痛な声を上げる。

「お願いだよ、美音ちゃん。うちのマリが食べられそうなもの、なんか作ってやっておくれよ。このままじゃ、マリもお腹の子も弱っちまう。頼む、このとおりだよぉ……」

放っておいたらその場に土下座でもしそうな勢いだった。

普段から高飛車、しかもリカやマリをいじめ倒した人とは思えないような懇願ぶりに、美音は面食らってしまった。商店街を通り過ぎる人も、怪訝《けげん》な目でふたりを見ていく。

「と、とにかく、お店に入ってください」

美音は大急ぎで引き戸の鍵を開け、ショウコを店の中に入れた。

通りすがりの人に訝《いぶか》しげな目を向けられるぐらいならいいが、これ以上騒ぎが続いたら、近所の人たちが集まってきてしまう。心配をかけるし、近隣の人に相談に乗ってもらうにしても、まずはショウコを落ち着かせなければ、と考えたからだ。

ショウコは相変わらず、両手を摺《す》り合わせ拝みながら「お願いだ、お願いだ」と繰り返す。美音は彼女を小上がりに腰掛けさせ、冷蔵庫にあったウーロン茶をすすめた。

「ショウコさん、とりあえずこれを飲んで落ち着いてください。お話はそのあと」

「あ、ありがとよ」

ショウコは、小さなグラスに入れられたウーロン茶を一息に飲み干した。きっと、急いでここまで歩いてきたのと、涙で水分が失われたせいで喉が渇いていたのだろう。

「マリさん、今日もなにも食べてないんですか？」

重いつわりだとは聞いていたが、ショウコが直接頼みに来るほど、のっぴきならない状態なのだろうか……と美音は眉を寄せる。

ショウコは空のグラスを美音に返したあと、ため息まじりにマリの様子について話し始めた。

「食べてないどころか、もう水もほとんど受け付けない。すっかり痩《や》せちまって、顔色が豆腐みたいになっちまってる。親元に帰してやりたくても、あっちにはもう父親しかいないし、あの子の世話をちゃんとしてくれるかどうかわからない。そもそも北海道は遠いし、これから冬だ。あんまり身体を冷やしちゃよくないだろうし……」

医者の話では、このままでは入院するしかなくなるとのことだ、とショウコはまた泣きそうになった。

「お医者様がそうおっしゃるなら、いっそ入院したほうがいいのかもしれませんよ？」

少なくとも、あなたに責められながら寝ているよりは……と喉まで出かかった。だが、さすがにそれは言えず、美音はなんとか言葉を呑み込む。

ショウコは目を赤くしたまま、呟くように言う。

「わかってるよ……。あたしが悪いんだ。あの子に散々嫌みを言ったから……。あたしがいるとあの子も休まらない。つわりもどんどんひどくなる。おめでたは病気じゃないっていうけど、それだけに気持ちの持ちようが肝心なんだ。マリの気持ちを駄目にしてるのはあたしなんだよ。息子にも旦那にも散々叱られた。でも……」

これだけはわかってほしい、とショウコは美音をまっすぐに見た。

「お腹に子どもがいるって知ってたら、あんなことはしなかった。隣の若嫁さんのことでみんなに叱られて、気持ちがくさくさして、ついマリに当たっちまったんだよ」

いや、子どもがいてもいなくてもやっちゃいけないことでしょう、と美音は諭《さと》したくなる。自分の怒りを他人にぶつけて憂《う》さ晴らし、なんて、人として最低の行為だ。

だが、ショウコは目の前で、悪いのはあたしだ、と何度も繰り返している。すっかりうちひしがれているショウコに、追い打ちをかけるようなことはできなかった。

「隣の若嫁さんのことでユキヒロに怒鳴り込まれたとき、ものすごく面白くなかった。あたしはよかれと思って言ってやったんだ。でもまわりで見てた人も、うちの家族もみんなして悪いのはあたしだって言う。恥を掻かされたって思っちまったんだよ。それが悔しくて、マリに当たり散らしてしまった」

どう考えても悪いのはあなただ、と今度こそ口から出そうになった。ショウコの言葉がそこで途切れれば、きっと言っていただろう。だが、ショウコは延々とひとり語りを続けていて、口を挟む隙はなかった。

「ユキヒロに怒鳴り込まれ、亭主に叱られ……その上、昨日はシュンにまで……」

――あ、シュンくん、とうとう！

美音は心の中でガッツポーズを決めた。

ユキヒロまではいかないけれど、シュンもかなり大人しい人間だ。特に、母親のショウコに対しては口答えひとつしたことがないらしい。もっとも、近隣の噂では、ショウコは何か言われるたびに三倍にして返すような人間だから、諦めきっているのだろうとのことだったが……

「シュンはあたしの言うことはなんでも素直に聞く子だった。それなのに昨日は、親子の縁を切るとまで……それでようやく気が付いたんだよ。シュンをあそこまで怒らせるようなことをあたしがしたんだって……。隣のユキヒロだって同じだ。あたしは、そこまであの若嫁さんたちを苦しめたんだって……」

ショウコの言葉は止まらない。もしかしたら、もう彼女の家には話を聞いてくれる人が誰もいなくて、その代わりとして美音に吐き出しているのではないかと思うほどだった。

「言い訳にしか聞こえないだろうけど、マリはあたしの扱いが上手いんだよ。性悪な姑《しゅうとめ》と話なんてしたくもないだろうに、ちゃんと相手をしてくれた。受け流してただけかもしれないけどさ」

今風に言えば、スルー力がある、というやつだろう。

気むずかしい客が来て、言いがかりとしか思えないような文句をつけられても、マリはにこにこ笑って応対していた。豆腐一丁を買いにきて、マリとは全然関係のない愚痴を吐いていく客もいる。それでもマリは、相手が言いたいことを言い終わるまで、愛想よく聞き続けるそうだ。

接客スキルは天下一品、そしてマリはその接客スキルの高さを、ショウコにも発揮していたのだろう。

ショウコはなおも話し続けた。

「シュンと結婚した当時からそんな具合だったから、すっかり安心して言いたい放題にしてきた。近頃はあの子も気を許してくれたのか、けっこう言い返してくるようになってたしね。確かに具合が悪そうにしているな、とは思ってたんだけど、あたしと言い合いすることで元気になるんじゃないか、なんて馬鹿なこと考えてさ。それなのに、あの子の調子は戻らない。これはおかしいと思ったら、実はおめでたでしたって教えられて……」

マリは日に日に具合が悪くなっていく。とうとう息子にまで絶縁宣言されそうになって、やっと悪いのは自分だったと気付いた。落ち着いてマリの様子を見てみたら、とんでもなく弱っている。このままでは大変なことになる、マリのために何かできないかと思ったとき、噂に名高い『ぼったくり』の料理を思い出した、とショウコは語った。

「そうだったんですか……」

「入院なら入院でもいいんだよ。それで具合がよくなるなら。でも、産むまでずっと入院しているわけにはいかないだろうし、うちに戻ってきたらまた同じことになりそうじゃないか。だって、あたしがいるんだもん。きっとあの子はずっとあたしに我慢してくれてたんだろう。でも、もう限界なんだ。あたしの顔を見るだけで、具合が悪くなっちまうに決まってる」

もしもあたしがマリなら、そんな性悪姑《しゅうとめ》と一つ屋根の下になんていたくない。顔を見るのも嫌なぐらいだろう。そんなことではお腹の子どもがちゃんと育つわけがない、とショウコは嘆いた。

もう涙は滝のようになっている。ポケットから取り出したハンカチで目元を拭いたあと、ショウコは美音をまっすぐに見た。

「あたしはどっかに行ったっていい。あの子の目に触れないどこか遠いところへ。でも、とりあえずマリが食べられそうなものを探してやりたいんだ。お詫びなんておこがましいことは言わないけど、美音ちゃんのお料理なら、食べてみようって思ってくれるんじゃないかって……」

どうか、マリとお腹の子に栄養をやっておくれ……と涙ながらにすがられ、美音はもらい泣きしそうになった。

ショウコは町内では、鬼婆《ばばあ》だのくそ婆だの言われて鼻つまみにされている。美音自身も、いつも顔を歪めて不満ばかり言っているショウコが苦手だった。けれど、目の前のショウコは、床にすりつけんばかりに頭を下げ続けている。

頭の先から足の先まで全部いいところばかり、なんて人はいない。だから、その逆――悪いところしかない人だっているわけがないのだ。ショウコは今、自分の中にある優しさをかき集め、美音に助けを求めていた。

あたしが悪いあたしが悪い、と念仏のように唱え続けるショウコを見て、美音は思う。

ショウコが今のショウコになったのには、何かしらの原因があったはずだ。おそらく、辛くて悲しい出来事が……。でも、今度のことをきっかけにショウコは変わっていくのかもしれない。これまでの悪い評判を打ち消すのはそう簡単ではないが、この町の人たちの性格を考えれば、不可能ということでもない。

周囲の理解を得るためには、まずは、マリとの関係を正すことだ。そのためには、彼女のマリへの気配りを目に見える形にする必要があった。

「ショウコさん、マリさんはどんな味付けがお好きですか？　それと、今までどんなものを試してみたかご存じですか？」

「お粥やらうどんやら、食べやすそうなものはみんな試した。果物も、若い女の子が好きそうなケーキやプリンや、あと和菓子。魚も肉も卵も、もちろん豆腐も。熱くしたり冷たくしたり柔らかくしたり固くしたり……それでもだめだった」

ショウコはおよそ家庭で作れそうな料理を片っ端から並べ立てた。そんなに色々作れたのか、と美音が驚くほど、ショウコのレパートリーは豊富だった。

「すごいですね……そんなにたくさん作られたんですか」

「料理は苦手じゃないんだ。でも、なにを作ってやってもマリは食べられない。前は喜んで食べてたものですら……。もしかしたら、作ったのがあたしだからかもしれない」

あ、まずい、せっかく止まりかけた涙が……と思う間もなく、また嗚咽《おえつ》が始まった。

「何なら食べられるんだろう……。あたしもつわりは重いほうだったけど、マリほどじゃなかった。きんとんだったら重箱一杯食べられたし」

「きんとん？」

「ああ、栗きんとん。ちょうど正月で、おせち用に作った栗きんとんが余ってたんだよ。それまできんとんなんか好きじゃなかった。おせちに入ってても、甘すぎてほんの少し箸で掬《すく》うぐらいが関《せき》の山だったんだ。それなのに、あのときだけは無性に食べたかった。食べても食べてもすぐに食べたくて、亭主が『勘弁してくれ、見てるだけで口の中が甘ったるいぜ』って言ってた。それでも食べたくてねえ……」

栗きんとんは芋で作るものだし、砂糖もたくさん入っている。栄養もたっぷりあったはずだ。栗きんとんを食べ続けたショウコは、少しずつ元気になり、やがてつわりは治まったらしい。

「不思議なもんだ。今考えても納得いかないよ。なんでよりにもよって栗きんとんだったんだろうって」

「本当ですね。妊娠すると、今まで見向きもしなかったものが食べたくなるって聞いたことがありますけど、栗きんとんは珍しいかも……」

「ねえ……。それに、もっと不思議なのは栗きんとんが食べたくなったのは、シュンのときだけだったんだよ」

「そうなんですか？」

ショウコには子どもが三人いて、一番上がシュンだった。

「下のふたりは慣れちまってたのか、つわり自体がそんなにひどくなかった。栗きんとんしか食べられなかったのはシュンだけ……あ、そういえばシュンのときは、やっぱり今のマリみたいに豆乳の匂いも駄目だったね」

「シュンさんのときと同じなんですか……」

マリのつわりはショウコのそれに似ている。それなら同じ対策が有効かもしれない――

美音は、暗がりで光明を見出す思いだった。

「ショウコさん、マリさんも栗きんとんなら食べられるかもしれません」

「え……？」

「マリさんのお腹にいるのは、シュンくんのお子さんでしょ？　お父さんと同じものなら受け付けてくれるかも……って思いません？」

「でも、栗きんとんなんて今時の若い子は好きじゃないだろう」

「やってみなきゃわからないじゃないですか！」

「そ、そうだね……。ダメ元ってこともあるしね」

「ショウコさん、このあと時間はありますか？」

「豆腐はもうできてるし、店番はシュンと亭主に任せてきた。任せてきたって言えば聞こえはいいけど、実は、お前がいるとマリが安まらないから散歩でもして来い、って亭主に放り出されちまって……」

「そんな……」

家族はマリのことを心配しているのだろうけれど、それはそれでずいぶんひどい言いようだった。

それでもショウコは、そう言われても仕方がない、それだけのことをしてきたのだから、と黙って家を出てきたのだろう。

「散歩といったって、いつまでも歩き回ってるわけにもいかない。この時間に開いてるのは、豆腐屋かクリーニング屋、あとはパン屋ぐらいなものだけど、そんなところじゃ時間はつぶせない。で、気が付いたら『ぼったくり』の前にいて、ここで美音ちゃんが来るのを待っていようって……」

涙が涸れるほど泣き、ショウコは今、小さくなって小上がりに腰掛けている。もう美音には、ショウコが『くそ婆《ばばあ》』とは思えなくなっていた。

「じゃあ、時間はたっぷりあるってことですね」

「もうちょっとしたら、『ショッピングプラザ下町』にでも行って時間をつぶそうかと……」

「そんな必要ありません。栗きんとんを作るのを手伝ってください。きんとんのお芋を漉《こ》すのって大変じゃないですか。あんまり力がないんですよ、私」

いつもなら馨に押しつけちゃうんですけどね、と笑う美音に、ショウコは、うんうんと頷いた。

「確かにあれは重労働だ。漉さないままに潰しただけで作る人もいるけど、やっぱり漉してあるとないとでは舌触りが全然違う」

「私もそう思います。だからショウコさん、申し訳ありませんが力を貸してください」

そして美音は、さあやろう、今やろう、すぐやろう、まずは材料の調達からだ、とショウコを追い立てて、外に出る。時刻はそろそろ十時、商店街の店が開く頃合いだった。

ショウコと美音が連れ立って歩く姿に、商店街の面々が目を見張っている。好奇の目にさらされ続けて辿り着いた『八百源』では、店主のヒロシがあんぐり口を開けた。

「め、珍しい取り合わせだな、美音坊」

「あら、そうですか？　それより、今日はサツマイモを買いに来たの。いいの、入ってます？」

「焼き芋かい？」

「いいえ。栗きんとんを作りたいんです」

「栗きんとん！　そいつぁまたせっかちだな。そういや、こないだ黒豆を煮たんだってな。今年の『ぼったくり』はずいぶん正月支度が早えじゃねえか」

「栗きんとんはお正月って決まってるわけじゃないでしょう？　ところでサツマイモ……」

「おお！　ちょっと待ってな」

そう言うとヒロシは、いったん店の奥に引っ込み、大ぶりのサツマイモを持ってきた。

「ほら、極上の紅東《べにあずま》。きんとんにはもってこいだ」

紅東はねっとりとした粘りと甘みが持ち味、きんとんにうってつけの品種だった。隣のショウコの様子を窺《うかが》うと、彼女も満足そうに頷いている。

「じゃあそれをいただきます。それから……」

「ほいほい、クチナシの実だろう?」

「そうそう。やっぱりきんとんはあの色じゃないと」

「了解」

生憎、栗の甘露煮までは置いてないからそれは『スーパー呉竹』にでも行ってくれよ、と笑いながら、ヒロシは紅東とクチナシの実を袋に入れてくれた。

一緒にいるショウコに余計なことを言わないのがヒロシのいいところである。

その後、ふたりは、またも町内を騒がせながら商店街の外れにあるバス停に向かう。無料バスで『ショッピングセンター下町』に行き、『スーパー呉竹』で上等の栗の甘露煮を買うつもりだった。

「じゃあ始めましょうか」

「あいよ」

手始めに……と、ショウコは既にカラカラに乾いたクチナシの実をふたつに割る。

クチナシの実を水を張った鍋に入れて火にかけたあと、美音とショウコは並んで紅東を剥《む》いた。

もったいないと思いながらも、皮を厚く剥く。二センチぐらいの厚さで輪切りにしたあと水に晒《さら》し、灰汁《あく》が抜けたころを見計らって鍋に入れる。鍋の中の湯は、クチナシで濃い黄色に染まっていた。

レシピによっては、クチナシの実とサツマイモを同時に鍋に入れて火にかけるものもあるが、美音は先にクチナシの実を煮ることにしている。そのほうが色がきれいに出るし、実からこぼれ落ちた種を取り除くのも簡単なように思えるからだ。

「この乾ききった実から、こんなに綺麗な黄色が出てくるなんて魔法みたいですよね」

「カラカラの婆《ばばあ》も、クチナシの実ぐらい役に立てばいいのにさ」

そう言って、ショウコはなんだかとても楽しそうに笑った。初めて見るショウコの笑顔に、美音はつい見入ってしまう。

──かわいい笑顔……。こうやって、ずっと笑ってればいいのに……

美音がぼんやりそんなことを思っていると、ショウコがサツマイモの皮を刻み始めた。先ほど剥いたまま、まとめてボウルに放り込んであったものだ。次から次へと作業を進めるショウコの手際は、彼女の笑顔以上に意外だった。

「油を借りてもいいかい？」

「もちろんです」

皮を刻んで油で揚げて、砂糖をぱらぱら……。それは、栗きんとんのおまけのようなもので、おせちを作る際の姉妹のおやつである。厚く皮を剥くだけに、実の部分もかなり付いていてほくほくの仕上がりとなる。だが、実のところ、今日はこのあと仕込みもしなければならないし、わざわざ揚げ油を出すのは少々億劫《おっくう》だった。

ところが、ショウコがフライパンに入れた油の量は、美音が揚げ物をするときよりもずっと少ない。昨今は少ない油で揚げるのが主流らしいが、それにしても少なすぎる、と思っていると、ショウコは五ミリほどの幅に刻んだサツマイモの皮をフライパンで炒め始めた。

「あ……もしかして、きんぴら？」

「そうだよ。これならお芋を茹でてる間にできちゃうからね」

「私はいつも揚げてました」

「おや、それは見上げたもんだね。捨てちまう人も多いのに」

　プロの料理人なんだから当たり前か、と口の中で呟き、ショウコはサツマイモの皮を炒め続けた。ほどなく皮に火が通り、ショウコは醤油《しょうゆ》、みりんで味をつける。横から手を出して、盛大に黒胡麻を振りかけた美音に、ショウコはにんまりと笑った。

「いいねえ……胡麻は大好きなんだよ。身体にもいいし……マリも食べられればいいんだけどね」

「少し持っていってみましょう。栗きんとんが大丈夫なら、きんぴらも食べられるかもしれないし」

「だといいけど……」

これなら食べられるかも、と期待しつつ栗きんとんを作っていても、ショウコはやはり確信が持てないのだろう。美音にしても自信なんてない。だが、他に思いつくものがないのだから仕方がなかった。

ショウコが作ってくれたサツマイモの皮のきんぴらは、控えめな甘さで後を引く味だった。黒胡麻の香ばしさがいいね、とショウコも喜び、危うく全部食べてしまいそうになる。

慌ててマリに届ける分を取り分け、コンロの上の鍋を覗く。

「そろそろいいみたいですけど……」

「もうちょっとだね。柔らかすぎるぐらいに煮とくと漉《こ》すのがうんと簡単になる」

そう言いながら、ショウコは茹で具合を見るためにサツマイモに串を刺す。何度かそれを繰り返したあと、彼女は満足そうに頷いた。

「ちょうどいい加減だよ」

「はーい」

茹だったサツマイモを笊《ざる》にさっとあけ、熱いうちに手分けして漉した。

プロの自分が早いのは当然だが、ショウコもかなり手早くて、あっという間に裏漉《ご》し作業は完了してしまった。

「すごい……手慣れてますねえ、ショウコさん」

「何十年作ってきたと思ってるんだい？　そんじょそこらのひよっこと一緒にしないでおくれ」

「そりゃそうですね。失礼しました」

いつもどおりの憎まれ口だったが、もう美音はショウコの言葉に棘《とげ》を見つけることができなくなっていた。『ぼったくり』の常連にだって、言葉が過ぎる人はいくらでもいる。傷ついたり、落ち込んだりせずにすむのは、彼らの言葉の底に温かい気遣いがあると知っているからだ。

ショウコのマリを心配する気持ちを知った今、美音は、彼女のことを常連たちと変わらないと思えるようになった。ショウコはみんなよりもちょっと、いやかなり自分の気持ちを表すのが苦手な人というだけだった。

裏漉ししたサツマイモを鍋に戻し、砂糖をたっぷり入れて火をつける。

いつもならこの作業は馨の担当で、かならず『もっと隅々までよく混ぜて、焦がさないように気をつけて！』なんて、注意を添える。でもショウコにはそんな言葉は不要だった。

皺《しわ》が目立つ手で丹念に鍋の中を混ぜ、砂糖が溶けてとろみが出るまで練り上げる。木べらを持ち上げて垂らしてみては、首を左右に振る。まだ駄目だね、なんて呟きながら……

「ま、こんなもんかね」

しばらくして、ようやくショウコの満足そうな声が聞こえた。

あんたは仕事してていいよ、と言われ、仕込みを始めていた美音は、何気なく鍋の中を覗き込んで歓声を上げた。出来上がった栗きんとんが、黄金色に輝いていた。

「うわーきれい！　すごいですねえ、ショウコさん！」

「そうかい？　こんなの難しくもなんともないけどね」

「そんなことありません！　私が作っても、こんなに艶々《つやつや》にならないんです」

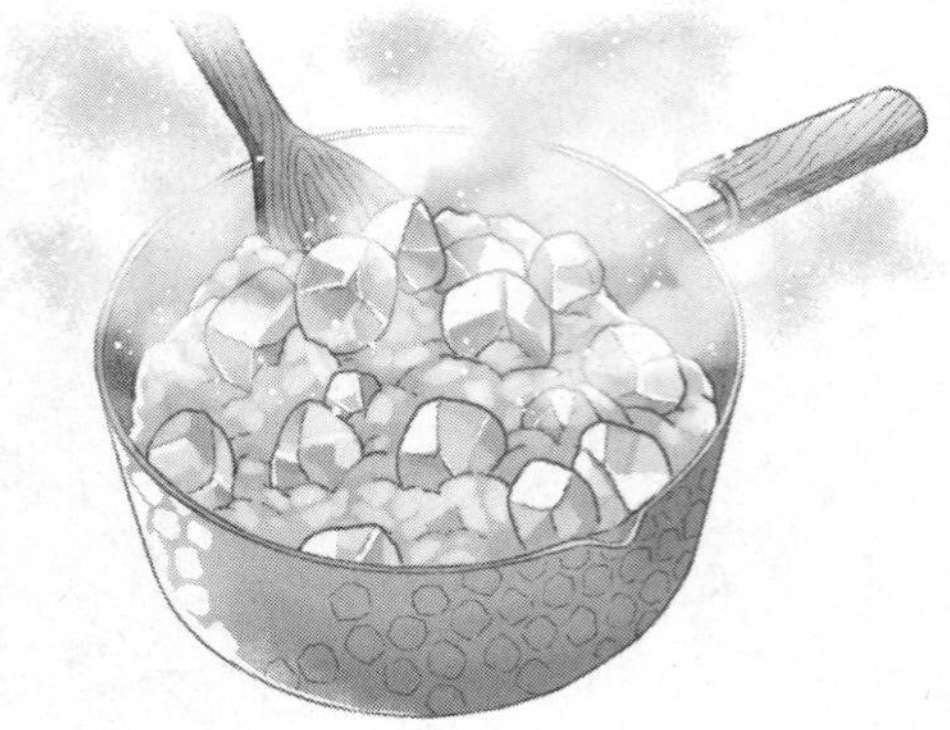

「ああ、たぶん最後に栗の甘露煮に入ってたシロップを足したからだろ。あとは、弱火でじっくり時間をかけること」

「同じようにやってるつもりなんですけど、やっぱりどこか違うんですね。本当に美味しそう……」

お世辞はおよしよ、と言いつつ、ショウコは満面の笑みだった。

もうずっと、こんなふうに笑っていてほしい……と思う半面、なにかそうできない理由があるのかもしれない、とも思う。それでも、今、ショウコが自分に笑顔を向けてくれることが美音は嬉しかった。

「大事なのは味だからね」

そう言うとショウコは、まだ熱の冷めていない栗きんとんを小皿にとって差し出した。ねっとりと輝く黄金色の間から、大きな栗が覗いている。

ただの味見なのに、ちゃんと栗が入っている。しかもかなり大きなサイズである。栗きんとんをしっかり味わってほしいという気持ちが、透《す》けて見えるようだった。

サツマイモの部分と栗を一緒に口に入れ、甘みが広がっていくのを楽しむ。見た目だけではなく、味加減にも舌触りのなめらかさにも、文句の言いようがなかった。

「さっきの『美味しそう』を訂正します」

小皿を空にした美音は、きっぱりと言いきった。とたんにショウコの顔が不安に染まる。

「……だめかい？」

「『美味しそう』じゃなくて、『すごく美味しい』です！　これ、今日のおすすめに入れちゃっていいですか？」

「居酒屋で栗きんとんを出すのかい？　しかも作ったのは豆腐屋のくそ婆《ばばあ》だ

よ？」

「誰が作っても栗きんとんは栗きんとんです。それに、昔から言うじゃないですか。美味しいものを作れる人に悪い人はいないって」

「覚え間違いだよ」

美味しいものを好きな人に悪い人はいない、だろう、とショウコは破顔一笑した。

「そうでしたっけ？　あ、でもこれ、マリさんのために作ったんでした。全部持っていってあげたほうがいいですね」

美音の言葉に、ショウコはまた顔を曇らせた。

「マリのところに持っていくのはちょっとでいいよ。食べてくれるかどうかもわからないんだから。どれだけ美味しくても、作ったのがあたしだってわかったら、箸をつけたくなくなるかも……」

さっきまでの笑顔はどこへやら。ショウコは朝一番の様子に逆戻りだった。

美音は時計を見上げ、頭の中で、仕込みに必要な時間と開店までの残り時間を計算する。いつもの買い物がてらの散歩を取りやめにすれば、なんとかなりそうだった。

「私がお届けに行きましょうか？」

最初はリカからの依頼だった。それに乗じて、栗きんとんはいかが？　と届けに行く。マリが会ってくれるようであれば、枕元でなぜ栗きんとんを作ったのかも説明する。

シュンくんがお腹にいるときに、ショウコさんは栗きんとんばかり食べていたんですって。もしかしたら、マリさんも栗きんとんなら喉を通るかもと思って、とかなんとか……

マリは美音の評判も知っているだろうし、プロの料理人が作ったものなら食べる気になるかもしれない。作業の大半はショウコがやったが、美音だってサツマイモの皮を剥《む》いて、裏漉《ご》しするところまでは手伝ったのだ。あながち嘘ではない。

「種明かしはあとで、ってことでいいですか？」

「種明かしなんてずっとしなくていいよ。大事なのはあの子に食べてもらうことだ」

「了解です。じゃあ早速出かけましょう」

そして美音は、栗きんとんを入れた陶器の鉢を抱え、ショウコとともに『豆腐の戸田』に向かった。


「ただいま」

「おう、おかえり。おや、美音坊じゃないか」

イツジが珍しそうに美音を見る。美音が珍しいというよりも、美音とショウコが一緒に戻ったのが珍しいのだろう。

今日はどこに行っても注目の的だね、なんて笑うショウコに、イツジが怪訝《けげん》そうに訊く。

「ばあさん、やけに機嫌がいいじゃねえか。なんかいいことでもあったのかい？」

「別に。それより……」

そこでショウコはためらうように美音を見た。マリの様子を訊くのも、気が引けるのだろう。そこで美音は、代わりに訊《たず》ねることにした。

「マリさんはいらっしゃいますか？」

「マリ？　えーっと、シュン！　いや、あいつは配達に行ったとこだったな……。たぶん、上で横になってると思うが……」

ちょいと具合がよくないんだ、とイツジは申し訳なさそうに言った。

「聞いてます。おめでたでつわりがきついんですってね。リカさんから頼まれて、栗きんとんを作ってきたんです。もしかしたら、これなら食べられるかもって思って……」

美音の抱えている風呂敷包みとショウコの顔を見比べて、イツジはぽんと手を打った。

「栗きんとん！　そういや、おめえも昔、つわりがひどくて栗きんとんばっかり食ってたな」

「覚えてたのかい？」

「そりゃ覚えてるさ。正月が終わってもきんとんきんとんってずっと言うから、走り回って探したのは俺じゃねえか。俺たちは一緒になったのも遅かったし、子どもを授かるのはもっと遅かった。おめえも年で体力がねえんじゃないかって、そりゃあ心配で……」

「悪かったね、年で！」

「いや……まあ、その……いや、そんな話はどうでもいい。とにかく、俺はなんとかおめえに食ってもらいたくて、頑張って探したんだぜ。わざわざ電車に乗って、街中《まちなか》のデパートまで出向いたりしてさ」

迂闊《うかつ》な発言を即座に突っ込まれ、イツジはしどろもどろになりつつも、自分の奮闘ぶりを披露した。

「そういやそうだったね。栗きんとんってのはずいぶん売ってないもんだな、って嘆いてたっけ」

「なんだい。おめえこそ忘れてたんじゃねえか」

「ごめんよ」

ショウコの口から自然に漏れた詫びの言葉に、イツジがまた驚いている。

どういう風の吹き回しだ、と言わんばかりに見るが、美音は素知らぬ顔で返す。

「マリさんが起きていらっしゃるようでしたら、お届けしたいんですけど……」

「たぶん起きてると思うから、行ってみてくれ」

「じゃ、ちょっとお邪魔しますね」

そして美音は、店の奥にある階段から二階に上がり、マリがいるという部屋に向かった。

「マリさん、『ぼったくり』の美音です。今、お邪魔して大丈夫ですか？」

「……あ、はい……」

どうぞ、という返事を受け、美音はそっと障子を開けた。中はカーテンが引かれていて薄暗い。布団も敷かれていて、マリはその上に座っていた。おそらく、美音の声を聞いて起き上がったのだろう。確かに顔色は豆腐のように真っ白だし、声にも全然力がない。はっきり言って、息も絶え絶え……といった感じだった。

「すみません、こんな恰好で……」

「こちらこそ、いきなりお邪魔してごめんなさい。つわり、きついんですって？」

「こんなにひどいとは思ってもみませんでした。母は軽かったって聞いてたから、てっきり私も同じだとばかり……」

「人それぞれなんでしょうね」

「そうなんですね、本当に。精神的なものもあるんでしょうか……」

そしてマリはそっと階下を窺《うかが》いながら、お義母さん怒ってましたか？　と訊いた。

もっと元気に働ける嫁だと思ってただろうに、子どもができたぐらいでこの有様。おまけに私も気分が悪いものだから、満足にお義母さんのお相手もできなくて……と、マリはまるで悪いのは自分だと言わんばかりだった。

「食べられないから全然身体に力が入らなくて……不甲斐ないです」

青い顔でマリは、とにかくつわりが治まってくれないと……と嘆く。

「つわりは体質だから仕方ないでしょう。それに遺伝もあるんじゃないかしら」

「でも、母は……」

マリは、さっきうちの母のつわりは軽かったって言ったでしょう？　とでも言いたそうにした。そこで美音は、ショウコのつわりについて話すことにした。

「マリさんのお母さんじゃなくて、シュンくんのお母さんのことよ」

「え？」

「シュンくんがお腹にいたとき、ショウコさんもつわりがひどくて大変だったんですって。しかも、下のふたりはそんなことはなかったのに、シュンくんだけ。だから、マリさんがつわりがひどいのも、もしかしたらシュンくんのせいかも……」

「さすがに、それはないでしょう……」

「どうかしら？　赤ちゃんってお父さんとお母さんの合作でしょ？　半分はお父さんの血、生物としては異物なんだし、相性が悪かったらつわりも重くなるのかも……」

そんな美音の発言に、マリはたちまち不満な顔になった。

「シュンさんは異物なんかじゃありません！　相性だってばっちりです！」

それまでとは打って変わった強い口調に、ここにもラブラブ夫婦が……と、嬉しくなる。とにかく、言い返してくる元気が残っててよかった、と思いながら、美音は栗きんとんの包みを開けた。

「ごめんなさい、失言だったわ。それでね、マリさん。ショウコさんがつわりがひどかったとき、これだけは食べられたって聞いたの。試しに作ってみたんだけど、どうかしら？」

栗きんとんはまだほんのり温かかった。手渡された小皿の温《ぬく》もりに、マリは驚いている。

「温かい栗きんとん……？」

「そう、できたてよ。とっても甘くて美味しいの」

栗きんとんはお好き？　と訊く美音に、マリは少し困った顔になった。

「実はそんなに好きじゃないんです。お正月でもあんまり食べないし。でも……見ているうちに、ちょっと食べたくなってきました」

不思議そうに言ったあと、マリは小皿の栗きんとんを少しだけ口に入れた。

「美味しい……」

最初はおそるおそる嘗《な》める程度だった。だが、次は少なめの一口、その次は普通に一口……と、マリは段々口に入れる量を増やしていき、すぐに小皿は空になった。

「大丈夫？　気持ち悪くなったりしてない？」

吐き気を覚えるようだと大変だ、と心配しながら見ていた美音に、マリはにっこり笑った。

「大丈夫みたいです。これ、すごく美味しい……。食べ物をこんなに美味しいと思ったのは、久しぶりかも」

「よかったわ！　やっぱりシュンくんの子どもだけあるわね」

「そういえば、シュンさんも栗きんとんが大好きです。お腹の中にいるときから、食べたがっていたんでしょうか？」

「そんなことあるかしら？　でもそうだとしたら面白いわねえ……」

「これ、美音さんが作ってくださったんですか？」

「そうなの、美味しいでしょ、って自慢したいところだけど、実はこれを作ったのはショウコさんなの」

「え……？」

「ショウコさん、お呼びしてもいい？」

「あ……もちろん」

美音が声をかけると、しばらくためらったあと、階段を上る足音が聞こえてきた。だが、足音は障子の前で止まり、そこから動く気配がない。どうしようかと思っていると、マリが障子の向こうに声をかけた。

「お義母さん、どうぞ」

障子が少しだけ開き、そこからショウコの心配そうな顔が覗いた。

「マリ、大丈夫かい？」

「はい、今は。それより、この栗きんとん、すごく美味しいです。ありがとうございます、わざわざ私のために」

なんの屈託もなくマリに言われ、ショウコがいたたまれないような顔になった。

「その……ごめんよ、いろいろ……」

言いよどむショウコに、マリは笑顔を向けた。

「いいんです。私、前から思ってたんです。お義母さんって、うちのお祖母ちゃんそっくりなんですよ」

「お祖母さん？」

「はい。父の母なんですけど、すっごく意地っ張りで、負けん気が強くて口だって最悪で……」

そこでマリは慌てて言葉を切った。その祖母にショウコが似ていると言ったばかりなのを思い出したのだろう。

けれどショウコがマリを咎《とが》めることはなかった。それどころか、ひどく殊勝《しゅしょう》なことを言い出す。

「いいんだよ。実際そのとおりだし、言われても仕方ない」

そんなショウコの様子に背を押されたのか、マリは思い切ったように言葉を続けた。

「でもお祖母ちゃん、本当はすごくいい人だったんです。私も小さいときは、厳しくて意地悪で怖い人だとばかり思ってたけど、あとで気付きました。お祖母ちゃんが言ってくれたことって、全部大事なことばっかりだったって……。それに、お祖母ちゃんは誰かが本当に困ってるときは、一生懸命なんとかしようとしてくれました。ちょうどお義母さんが、この栗きんとんを作ってくれたみたいに」

「あたしなんか……」

「同じですよ。きっとうちのお祖母ちゃんは、人に優しくする方法を知らなかったんだと思います。戦争中の厳しい時代に生まれた人だし、結婚してからもいろいろあったって聞きました。優しくしてるだけじゃ生きてこられなかったのかも」

そんなお祖母ちゃんに、お義母さんはよく似ています、とマリはにっこり笑った。

「だから、大丈夫です。お腹に溜め込んで、よその人に言いたくなるぐらいなら、私に言っちゃってください。その代わり、私だって言い返します。お祖母ちゃんに憎まれ口きいたみたいに。家族なんだから、言いたいことを言い合いましょうよ」

「マリ……」

ショウコは自分の気持ちを伝える言葉を探しているようだった。そしてマリは、ただ微笑んでショウコが口を開くのを待っている。

美音はふたりを残して部屋を出た。

あとはもうふたりで話したほうがいい。シュンがお腹にいたときのことや、マリのお祖母さんがどんな人で、どうやって家族と暮らしていたかを……

階下におりてみると、イッジと配達から戻ったシュンが心配そのものの顔で美音を見てきた。

そのふたりに、もう大丈夫、と言い置いて、美音は『ぼったくり』に戻った。

†

「夏のビールもいいけど、乾燥する秋や冬こそビールだな！　あ、でも……花見のビールもあれはあれで……」

要は、要するにビールは一年中旨いってことだ、なんてご満悦だ。どうやら先般無理やりドイツに出張させられた際、現地でお世話になった国際弁護士と呑んだビールが相当美味しかったらしい。おかげで彼は、このところ一杯目の酒としてビールを注文することが増えていた。

ちなみに今、彼が呑んでいるのは『奥入瀬《おいらせ》ビール　ヴァイツェン』、青森県十和田《とわだ》市にある OIRASE Brewery《オイラセブリワリー》が造るビールである。

『奥入瀬ビール』にはヴァイツェンを含めて四つのタイプがあり、要が好むピルスナーもある。それでもあえてヴァイツェンを出したのは、三三〇ミリリットル入りの小瓶ということもあって、料理が仕上がるより先に呑み終えてしまうような気がしたからだ。

つまみなしに呑むのであれば、ヴァイツェンはもってこい。フルーティな香りとかすかな甘みをじっくり堪能することができる。もしも気に入らなければ、料理に合わせて酒を変えてもいい、と思っていたが、要は別段異議を唱えなかった。あっという間に一杯目を呑み干し、二杯目ももうすぐ空になりそうだ。きっと気に入ってくれたのだろう。

ようやく人心地着いたのか、要がグラスの脇に置かれていた小鉢に目を留めた。

「珍しいな……冬なのに枝豆？」

怪訝《けげん》な顔のまま、莢《さや》をひとつ手に取り口に運ぶと、あれ？　と小さな声を上げる。

「ガーリック炒めか！」

「ええ。枝豆を好まれるお客さんは多いんですけど、もう冷凍しか手に入らないし……」

「それで一手間かけてみました？」

「そんな感じです」

もちろん、塩味で食べたいという客にはそのまま出す。だが、冷凍を常温に戻したあと残ってしまったようなときは、胡麻油にニンニク、鷹《たか》の爪を加えて炒め、最後に醤油《しょうゆ》を一垂らしする。戻した枝豆を無駄にすることもないし、冷めても美味しいこの『枝豆のガーリック炒め』は、突き出しにもってこいの一品だった。

「うわー、ビールにぴったりなのに、ビールがもうない！　これって君の作戦なの？」

これじゃあ、おかわりを頼まざるを得ないじゃないか、と要はとんでもない言いがかりをつけてくる。最初から一緒に出してるじゃありませんか、と笑いながら、美音は要に訊《たず》ねた。

「ビールのままにされますか？　『奥入瀬ビール』の他のタイプもありますよ」

「ダークラガー、アンバーラガー、ピルスナーだったかな？」

「よくご存じですね」

「実は、奥入瀬に行ったことがあるんだ。一昨年だったかな……。二時間ぐらい渓流《けいりゅう》を歩いたあと、このビールを呑んだ」

「あら……じゃあ、他の銘柄をお出しすればよかったかしら」

「いや、そのとき呑んだのはダークラガーとアンバーラガー。どっちもどこだかのビール大会で受賞したって聞いて……」

「アジア・ビアカップですよ。初めて受賞した二〇一三年以来、受賞常連組です。素晴らしいですよね」

『奥入瀬ビール』は奥入瀬源流水を仕込み水とし、チェコの技法を取り入れて造られている。まるで初夏の奥入瀬渓流のように爽やかな味わいを高く評価されての受賞に、地元青森は大いに喜んでいることだろう。

ダークラガーとアンバーラガーを現地で味わったことがあるのなら、ヴァイツエンを出したのは大正解だったと美音は密かに胸をなで下ろした。

「せっかくだから、次は日本酒にしようかな」

「了解です」

そして美音は、空になったビール瓶を下げ、グラスと枡《ます》を取り出した。

「へえ……そんなことがあったんだ」

美音から栗きんとんの一件について聞かされたあと、要は何かを思い出したような顔をした。

「なんですか？」

「いや、うちのくそ兄貴の奥さんが、やっぱりつわりがひどくてさ」

つわりがひどかったということは、怜には子どもがいるのか……と少し不思議な気持ちになる。以前、インターネットで調べたとき、彼の子どもの名前はなかったからだ。おそらく、あの家系図が作られた時点では、まだ生まれていなかったのだろう。

「お兄様、どんな感じでした？」

彼のことだから冷静に対処法とかを調べたのではないか、と美音が言うと、要は弾けたように笑い出した。

「冷静どころか、おたおたしっぱなし。もうね、いつものくそ兄貴と同じ人間か？と思うぐらいだった」

食べられない、飲めない、動けない。そんな状態で青ざめて寝てばかりいる妻の香織《かおり》を前に、ただおろおろしていた。挙げ句の果てに、あなたがしっかりしなくてどうします！　なんて母の八重に発破《はっぱ》をかけられ、ようやくつわりについて調べ始める始末。野を越え山を越え、妻のために食べられそうなものを探し回る兄を見て、正直要は「けっ」という気分だったそうだ。

「口から食べられないなら、点滴でもなんでもすればいい。兄貴は忙しいんだから、そんなことに関わってる暇はないだろう、って思ってた」

「要さん、ひどい！　苦しんでいるのは自分の奥さん、しかもお腹には血を分けた子どもがいるんですよ？　そんな状態だったら、何かしたいって思うのが普通です！」

「今ならそう思えるけど、正直、あのときはわからなかったんだ……」

美音の猛抗議に、要はしきりに反省しているようだった。

ぷんぷん怒っている美音を前に、要はあのときの怜を我が身に置き換えてみる。もしも、つわりで憔悴《しょうすい》しているのが美音だったら、要だっておろおろする。それはもう、怜や豆腐屋の息子どころではないぐらい、大騒ぎをする自信がある。美音が食べられそうなものであれば、世界の果てまで行ってでも手に入れようとする。点滴で命を繋げられることはわかっていても、口から摂《と》ったほうが絶対にいい。ましてや、美音は食べることを何より楽しみにしているのだ。もしも、彼女が食べたがっているものを見つけられなかったとしたら、その無力さに打ちのめされるに違いない。

あのとき怜を笑えたのは、自分には、兄にとっての香織ほど大事な存在がいなかったからだ。美音という存在を得た今、要は兄の気持ちが痛いほどわかった。

「本当にごめん。おれは考え足らずだったよ。もしも君が……」

そう言いかけて、要は先が続けられなくなってしまった。なんだかとても気恥ずかしかったのだ。そんな要を見て、美音がくすりと笑う。

「ご心配なく。きっと私は大丈夫だと思います」

「なに、その根拠不明な自信は？」

「だって私、多少食べられなくても大丈夫なぐらい備蓄がありますし」

思わず要は酒を噴きそうになった。とたんに、美音の泣きそうな声が飛んでくる。

「だめー！　それすごく貴重なお酒なんです！」

グラスの中の酒は『豊盃《ほうはい》　特別純米酒』という銘柄で、『奥入瀬ビール』同様、青森県で造られている酒らしい。三浦《みうら》酒造という蔵元で、近年ようやく通販サイトに名前が載るようになったが、それまではインターネットで探してもほとんど情報が出てこなかったという。

杜氏《とうじ》を呼ぶことをやめ、家族で造るという珍しい形の蔵で、美音は全国新酒鑑評会金賞受賞をきっかけにこの酒のことを知ったそうだ。年間千二百石と生産量が少ないため、散々苦労してようやく手に入れたのだ、と美音は誇らしげに瓶を掲げた。

「ご家族と地元の蔵人《くらびと》の方たちが、お米作りから関わって造ってるお酒です。通販サイトに名前はありますが、品切ればっかり。だから、大事に味わってほしいんです」

「そうか……。確かにすごい酒だよね。なんていうか……ごめん、うまく言えないけど、すごくパンチが効いてる。すーっと呑めるのに究極の存在感……」

もしかしたらこの表現は矛盾しているかもしれない、と思いながら見上げると、美音はにっこり笑ってくれた。おそらく、表現は拙《つたな》いにしても言いたいことは伝わったのだろう。

美音の笑顔に安心し、要はようやく話を元に戻した。

「とにかく、この酒は大事に呑む。それはいいとして、なんなんだよ備蓄っていうのは……」

「だってそうなんですもん」

この辺とか、この辺とか……と美音は自分の身体をつまんでみてはぶつぶつ言っている。そんな美音に要は呆れ返ってしまった。

「もしかして、君は子どもを備蓄で産むつもりなの？」

「できれば……。だって私の友だち、けっこうぽっちゃりタイプだったんですけど、お医者様にこれ以上体重増やすなって言われたらしくて、すっごく頑張って体重管理してたんです」

「それで？」

「大奮闘の結果、ほとんど体重を増やさないままに出産にこぎ着けて、産んだあとで体重を測ってみたら妊娠前と比べてマイナス五キロ。この子は私の贅肉《ぜいにく》でできてるのよ！　って、すごく自慢げに言ってました」

その友だちが、子どもはちゃんと元気に産まれたし、身体はすっきり痩《や》せたし、出産ダイエットって言うことなし！　と力説しているのを聞いて、美音はちょっといいな、と思ってしまったのだそうだ。どこまで本気なのかはわからないが、要の笑いを取るため以上の気持ちがありそうに見える。これはちょっと釘を刺すべきかもしれない、と思った要はあえて渋い顔で言った。

「そんなことをしちゃ駄目だよ」

「駄目ですか？」

「その友だちはたまたま上手くいったのかもしれないけど、それは十分『備蓄』とやらがあったからだろう。そもそも、君の身体に子どもひとり作れるほど余分なものはついてない。無茶なことしたら今辛うじてある凹凸《おうとつ》が全滅するぞ」

「……それって、そんなに恐い顔で言うことですか？」

今度は美音が呆れ返っている。確かに、後半は蛇足《だそく》だった、と自分に舌打ちしながら、要は無理なダイエットの危険性について切々と訴えた。ところが美音はもう『備蓄』の減らし方で頭がいっぱいらしく、要の言うことなど聞いてはいない。

「確かに私の凹凸は『辛うじて』ですけど、あるべきじゃないところに付いているる『備蓄』がなくなれば、もっとメリハリのついたスタイルになるかもしれないのに……」

ぐじぐじと自分のスタイルについて思い煩《わずら》う美音。要はそんな美音を見ているうちにやっぱり笑い出してしまう。

常々、女性が綺麗になりたいのは夫や恋人が欲しいからだと思っていたけれど、もしかしたらそれは間違いなのかもしれない。

女性の永遠の課題であるダイエットというのは、種の保存の必要性に基づく異性勧誘とは次元の違うところにあるらしい。従って、恋人や夫がいようがいまいが、少しでも綺麗になりたいという思いは禁じ得ないのだろう。

とはいえ、要としては、美音がダイエットに励んで健康を害するのも、子どもを贅肉で産むのも勘弁してもらいたい。そこで、方針を変更することにした。

「君が言うところの出産ダイエットのためには、相当な努力が必要だよ。ダイエットするために、美味しいものを我慢するとか、君に可能なの？」

そもそも君はつわりがひどくない可能性が高いんだよね？　とわざとらしく首を傾げると、美音は言葉に詰まる。それでもしばらく考えたあと、意を決したように言った。

「できます！　そしたらもうちょっとはマシなスタイルに……」

「ふーん……でもその場合、身体は痩《や》せるかもしれないけど、同時に心も痩せるんじゃない？」

「え……」

「それって本末転倒だよね？　足しちゃう分には目も瞑《つぶ》れるけど、引くのだけはごめん。おれには君の全部が必要だから、なにひとつ減らさないでほしい」

要のストレートな言葉に、美音の目が点になった。

「——気持ちを言葉にできない人は困りものですけど、直球すぎる人はもっと困ります！」

なんとかそれだけ言うと、美音は照れ隠しのようにグラスに酒を注《つ》ぎ足し始める。

要は、グラス越しに見えるトマト以上ケチャップ未満の赤さに懐かしさを覚えつつ、希少な酒をじっくりと味わった。

栗きんとんを作るときに…

栗きんとんを作るとき、少し多めにサツマイモを用意しましょう。厚く皮を剥いて、茹でたサツマイモをふたつに分け、片方は栗きんとん、もう一方はスイートポテトに。

実はこのふたつ、作り方はほとんど同じなのです。大きく違うのは、栗きんとんはみりんを入れてとろ火で練り、スイートポテトはバターを入れてオーブンで焼くことぐらい。

おせちとおやつが一度に作れるし、和食三昧になりがちなお正月に、洋風のおやつがあるというのはなんだか楽しいと思いませんか?

奥入瀬ビール　ヴァイツェン

(一財) 十和田湖ふるさと活性化公社
OIRASE Brewery

〒034-0301
青森県十和田市大字奥瀬字堰道 39-1
TEL：0176-72-3202
FAX：0176-72-3230
URL：http://www.oirase.or.jp/

豊盃　特別純米酒

三浦酒造株式会社

〒036-8316
青森県弘前市石渡 5-1-1
TEL：0172-32-1577
FAX：0172-32-1581

鰤の焼き物

手羽元の煮込み

それぞれの居心地

師走《しわす》が近づき、そろそろ本格的に大掃除や年越しの支度が気になるころになってきた。

街はもっぱら赤と緑、ケーキやチキンのポスターばかりが目立っているが、実は商店街の面々の頭の中は既に年末商戦一色だ。今年は数の子が高いがどうしたものかとか、ワンランク上のすき焼き用牛肉を仕入れたいが買ってくれる人はいるだろうか……などなどに頭を悩ませている。

商売とは関係のない『ぼったくり』の常連たちにしても、一年の長さは変わらないはずなのに、年々短く感じるようになるのはなぜだろう、などと嘆く一方で、新しい年の訪れを歓迎しているように見える。

客たちの会話を聞きながら、美音は、一年が駆け足で過ぎたように感じるのも、新しい年が楽しみなのも、充実した一年を送った証《あかし》なのだろうと思っていた。そして、人生を謳歌《おうか》している人々が集《つど》う『ぼったくり』という店に、小さな誇りを感じるのだった。


「鰤《ぶり》だろ？」

「鮭よ」

「鯛《たい》もありでしょ」

カウンターの向こうでは、魚の名前が飛び交っている。

『ぼったくり』の本日のおすすめが鰤の焼き物だったことから、おせちにはどんな魚の焼き物を入れるかに話題が及んだ。結果、皆がそれぞれ食べてきた魚の焼き物がいかに素晴らしいかを語り始めてしまい、収拾がつかなくなっているのだ。

言うまでもなく、日本は海に囲まれた国である。南北に長く延びる国土の両側には、海流と海流のぶつかる場所——潮目《しおめ》があり、海産物の豊かな漁場となっている。

　国土の狭さ、加えて交通網の発達によって、水揚げされた海産物を新鮮なうちに内陸部に運ぶことが可能になった。もう、かつてのように海から遠い地域では加工品しか手に入らないということはない。一部の離島を除いて、鮭だろうが鰤《ぶり》だろうが、手に入れようと思えば手に入る時代になったのである。

　にもかかわらず、おせちには昔からその土地で愛されてきた魚介類が入れられている。昔からの習わしというのはなかなか崩れないものなのだな、と美音は興味深く彼らの会話を見守っていた。

　マサが得意げに言う。

「普段から食えるハマチもいいが、冬の鰤の照り焼きは珠玉《しゅぎょく》だよ。冷めても旨いし、なんてったって出世魚で縁起がいいじゃねえか。この酒にだってぴったりだ」

「やだ、マサさん。鰤の照り焼きに合わない日本酒なんて聞いたことないよ」

　馨が笑い半分、呆れ半分でそんなことを言った。ちなみに今マサが呑んでいるのは『出羽《でわ》ノ雪《ゆき》　雪　純米』、山形県鶴岡市にある株式会社渡會本店《わたらいほんてん》が醸《かも》す酒である。

　株式会社渡會本店は江戸時代、二代将軍徳川秀忠《ひでただ》が治めた元和《げんな》年間から四百年にわたって酒造りを続けてきた蔵である。月山《がっさん》、朝日山系の山々から流れ出す清浄水と庄内平野で作られた米を元に、良質かつ、地元のみならず全国の酒好きから高く評価される酒を生み出している。

　馨の言うように、鰤の照り焼きに合わない日本酒はないにしても、この生《き》もと造りならではのはっきりした酸味を持つ『出羽ノ雪　雪　純米』は、今日の少し甘みを強めにした照り焼きにぴったりの酒だった。

「まあ、そりゃそうだな。だが、鰤の照り焼きが珠玉だって意見は譲らねえぜ」

　マサが断言するのを聞いた美音は、少々疑問を感じた。確かマサは昔から東京に住んでいるはずだ。鰤の人気が高いのは関西のはずなのに……と思ったのだ。

だが、すぐにマサの妻のナミエが関西出身だと思い出した。

　先般、黒豆煮を店で出したとき、マサは、うちのは丹波《たんば》の出だから黒豆を扱わせたら天下一品だ、と自慢していた。

マサの家のおせちは、関西風に作られているに違いない。家の味、特におせちなどという手のかかりそうな料理の味を決めるのは、おおむね料理の担《にな》い手である女性なのだろう。

一方アキは、マサの話を聞いて不満顔である。

「でも鮭は川の流れを遡《さかのぼ》るほど強い魚なんだよ。子沢山で縁起がいいって言われてるそうだし、色だって赤くておめでたいじゃない」

アキは東北の出身。東北は、鰤《ぶり》よりも鮭が多く食べられている地域のようだから、アキは鮭が入ったおせちを食べて育ってきたのだろう。彼女が、鮭を推すのは当然だった。

マサが鰤、アキが鮭で、二者の対立かと思われたところで、第三の選択肢を持ち出したのは馨である。

「おめでたさとか言い出したら、鯛《たい》の右に出るものはないよ！　おせちには絶対に鯛！」

鼻息荒く主張する妹に、美音は天を仰ぎたくなった。馨は根本的に勘違いをし

ている。勘違いというよりも、覚え間違いかもしれない。忘れちゃったの？」

「馨ってば、うちのおせちには鰤《ぶり》が入ってるじゃない。

「え？　そうだっけ？」

「そうよ。毎年、ちゃんと照り焼きにして入れてるわよ」

「でも、一番目立つのは鯛《たい》じゃない！」

馨はムキになって主張する。確かに彼女の言うとおり、美音が作るおせちの真ん中には鯛の焼き物が入っている。だがそれは、本来そこにあるべきものではなかった。

「あの鯛は睨《にら》み鯛っていって、本当はお重の中じゃなくて、別のお皿にのせるものなの。うちはふたりしかいないにしてはお重が大きいから、中に入れちゃってるだけよ」

「え、そうなの？　でもお母さんたちがいたときから中に入ってなかった？」

「あーそういえばそうね……。でも、あのころって私たちがあんまりおせち料理を食べなかったからじゃない？　お母さんだって……」

大人になってからおせち料理が美味しいと思うようになった――

そんなふうに語る人は多い。美音や馨も同様で、子どものころは保存用に濃く味付けされたおせち料理があまり好きではなかった。母は母で、使った砂糖やみりんの量を思い出しては、これ全部食べたらすごいことになりそう……なんて、伸びかける箸を無理やり止めていた。

そんな調子だから、たくさん詰めても中身が減らない。かといって、料理のプロとしていい加減なおせちは許せない。そんなこんなで、一品一品の量を減らした結果、ぽっかり空いてしまった隙間に鯛を詰め込んだのではないか、と美音は考えていた。

「なるほど……。でも、あたしは、うちの鯛がお重に入れられちゃってたのは、鯛そのものが小さかったからだと思う。縁起物にしてはプリティだったと思わない？」

あまりにも小さくて、精一杯睨まれてもちっとも恐くなさそう、と馨は笑った。

「確かにね。睨み鯛ならもっとばーんとでかいのにしろ、なんてお父さんは残念そうだったけど、鯛《たい》は高いから小さいのでいいよって、お母さんが……」

「だよねー。三が日の間は食べられないしね」

「えー食べられないの？　それってなんのためにあるの？」

姉妹の会話に、アキが素《す》っ頓狂《とんきょう》な声を上げた。食べられないものを入れるなんて、ばかばかしいとしか思えないのだろう。一方マサは、ちょっと考えながら言う。

「睨《にら》み鯛か……。俺も聞いたことがあるな。ただ、あれを食べられないっていうのは語弊《ごへい》があるだろ。ただ、三が日は神さんや仏さんに供えとくだけのことだ」

マサはそう言ったあと、しきりに首を傾げる。

「にしたって、あれは京都の風習じゃなかったか？　先代の女将《おかみ》は、西は西でも京都の生まれじゃなかったはずだが……」

「そういえばそうだね……なんでだろ？　あ、もしかしたら、ちょっと真似してみたらそのままずっと、ってことになっちゃったのかも」

「あるいは、ずっと昔に京都から嫁に来た人がいたとかかもな。家庭の味ってのは、そうやって混じり合うもんだから」

「かもね。でもよかった。うちのおせちが鯛で。三が日は食べられないにしても、ご飯に炊き込んだり、お茶漬けや雑炊にしたりで、焼きたての鯛とは別な美味しさがあるもん」

馨は四日目に食べる鯛の味を思い出したのか、嬉しそうに頷いた。そして、しばらく何かを考えていたかと思うと、いきなり大きな声を上げた。

「そうか！　鰤《ぶり》のライバルは鮭だけど、鯛のライバルは伊勢エビなんだ！」

馨が言うように、鯛と伊勢エビはいずれも『おめでたさ』を象徴する魚介である。ライバルという言葉が相応《ふさわ》しいかどうかはわからないが、比較対象としては間違っていないだろう。

アキも馨の意見に一票を投じる。

「そういえば、おせちのカタログに鯛や伊勢エビが載ってたけど、ふたつとも入ってるものはなかったみたい……。たぶん、二者択一なんだね」

「おせちのカタログって……アキちゃんは、おせちを買ってるのかい？」

マサが目を丸くして訊《たず》ねた。ひとり暮らしのアキが、おせちを用意するとは思っていなかったのだろう。

「実は……。とはいっても、実家用なんだけどね。うちはもうお母さんがいないし、本当ならあたしが作ればいいんだろうけど、それもできなくて。お父さん、ごめん！　って感じ」

アキは、なんだか後ろめたそうな顔をしている。だが、昨今はおせちを家で作らない人も多い。だからこそ、デパートやスーパー、コンビニがこぞっておせちを販売しているのだ。

作るのが楽しいから作る、家庭の味にできて美味しいから作る、買うよりも安いから作る。おせちを手作りする理由は様々だ。同様に、作らない、あるいは作れない理由だって様々だろう。

売るために作られたものを、適正な価格で買うことに、後ろめたさを感じる必要などない。既製品を買おうが、手作りしようがおせちはおせちだ。大事なのはお正月におせち料理を食べ、家族揃って一年の平穏無事を祈るという行為そのものではないか、と美音は思っている。もちろんそれは、美音が『料理を売る』という仕事をしているせいもあるだろうけれど……

「そっか……。でも、そうやって家のためにおせちを選んで注文するのも立派な親孝行だ。娘が手配してくれたおせちを、一緒につつくってのも乙なもんだと思うよ」

「ありがとう。そう言ってもらえると気が楽になるわ。でも、全然興味がないならともかく、手作りしてみたいって気持ちはあるんだよね。だからよけい気が引けるのかもしれない」

「なるほど、気持ちはあるけど行動が伴わなくて、ってやつか。まあ、それならぼちぼち頑張ればいいさ」

「うん、そうする。この間、黒豆を煮てみたけど、案外上手くいったし」

「そうなんだってな。リョウから聞いたけど、あいつ、めっぽう喜んでたぜ。うちのかみさんに言わせると、重箱に黒豆が入ってるだけでおせち料理に見えるもんなんだとさ。黒豆が作れるなら、あとは適当に色々突っ込んでそれっぽく仕上げることだってできるだろうさ」

「そっか……」

　マサの言葉で、アキの表情が少し明るくなった。さらにマサは続ける。

「あとは鯛《たい》を添えるか、伊勢エビを真ん中にどかんと……。いや待て、うちはどっちも入ってねえな。俺の稼ぎが悪いってことか？」

「やだ、マサさん、なに言ってるの！」

　マサの肩をぱーんと叩いてアキが笑い崩れた。

　今はもういない母親のこと、離れて暮らす父親のこと、たくさんの心配を抱えて暗くなりがちだったアキを一気に明るくする会話。さすがマサさん……と美音は感心してしまった。

「そもそもマサさんは、お正月に鯛とか伊勢エビが食べたいの？」

　ようやく笑いが治まったアキに訊《たず》ねられ、マサはきっぱり否定した。

「いや、俺はいらねえな。せっかくの鯛なのにお預け食うのは嫌だし、伊勢エビは滅多に食う機会がないから正月ぐらい、とは思うが、さっさと食っちまったら重箱に隙間ができちまう。それはそれでなんだか寂しい気がする」

「なるほど……」

一同が大きく頷いた。

おせち用の伊勢エビを二匹、三匹と用意する家は少ないはずだ。食べてしまえば補充はきかず、お重の中にぽっかり大きな空間ができてしまう。

「となると……うちは鯛でも伊勢エビでも同じってことだね。じゃあ、お姉ちゃん、たまには伊勢エビにしてみようか？」

「それはなし！」

美音は思わず、自分でも驚くほどの早さで否定してしまった。

とはいえ、別のお皿に盛るならまだしも、美音の場合、鯛もお重の中に入れている。食べられないという意味ではどっちもどっちだ。それに、鯛は刺身や焼き物として『ぼったくり』でも提供しているから、客はもちろん、美音や馨だって食べる機会が皆無とは言えない。それに引き替え、伊勢エビを食べる機会は滅多にない。たまには伊勢エビ……と馨が言う気持ちもわからないではない。

それなのに、いわゆる『西の人』の母のおかげで、睨《にら》み鯛がないおせちは何か忘れ物をしたような気になってしまう。

母の言いつけどおり、三が日に鯛《たい》を睨《にら》んで過ごしたあと、鯛茶漬けや鯛雑炊を食べるとき、つくづく鯛を入れておいてよかった、お正月はこうでなければ……と思うのだ。

同様に、伊勢エビを入れたおせちが当たり前の地域では、あの長いひげがお重の中にないとなんだか落ち着かない気持ちになる人が多いのだろう。

「はいはい、わかったわかった。うちのおせちはずっと鯛ってことだね」

口ではそんなことを言いながらも、馨は少しも残念そうに見えない。きっと彼女の中でも、おせちは鯛ということになっているのだろう。

「鰤《ぶり》と鮭、鯛と伊勢エビ。おせちに入れるものなんて好きにすればいいのに、どうしてこんなにこだわりたくなるんでしょうね」

本当に不思議、と笑いながら、美音は客に焼き上がった鰤を出す。

マサには照り焼き、アキには塩焼きで酢橘《すだち》を添えた。

「あーこの醤油《しょうゆ》の具合がなんとも言えねえな。甘からず辛からず……。ハマチも旨いが、やっぱり脂《あぶら》ののり具合が違う」

マサは、皮と身の境目のちょっと脂ぎったあたりを箸でくずし、はふはふと口に入れて呻《うめ》く。彼は鮭の焼き物が嫌いというわけではない。むしろ高い血圧を気にして、量を控えてでもとびきり塩辛い焼鮭を食べたがるほどである。それでも、寒鰤の照り焼きは別格なのだろう。

アキはアキで、酢橘を鰤の上に搾りながらにんまりしている。

「あたしは塩焼きが好きだなー。このあっさりした塩味の鰤の脂に酢橘をきゅっ！」

アキが搾った酢橘の香りに、マサが鼻をクンクンさせ、アキは横目で照り焼きの焦げ目を窺《うかが》う。

それぞれが好きな味の焼き物を受け取りながらも、隣の料理も気になって、ちらちら見ているところが面白かった。

一杯目に注文したグレープフルーツ酎《ちゅう》ハイの最後の一口を呑み干し、アキが元気よく言う。

「さすがにこの味には日本酒って感じね。美音さん、あたしにもお酒！」

アキは常々、落ち込んでるときは、お酒よりご飯がいいと言っている。その彼女が、二杯目の酒を注文したところを見ると、今日は仕事の首尾も上々だったらしい。

――よかった、今日はアキさんにとっていい日だったみたい……

美音は嬉しく思いながら、アキのために酒を選ぶ。少し迷ったあと、取り出したのは『無冠帝《むかんてい》』だった。

光を受けてキラキラ輝く淡いブルーのボトルに白と青のラベル、シンプルに書かれている『無冠帝』という文字が、銘よりも実を取った造り手の心情を見事に表している。

『無冠帝』は新潟県新発田《しばた》市にある菊水《きくすい》酒造が醸《かも》す吟醸酒だが、フレッシュな口当たり、控えめな香りと冷やすほどに引き立つ後口の良さが特徴。一部では冷酒グラスよりもワイングラスが似合う酒とも言われ、同じく新潟の酒である『上善如水《じょうぜんみずのごとし》』と並んで日本酒ビギナーに人気の酒である。

アキはしばらく前から日本酒を呑むようになったものの、発泡性日本酒を選ぶことが多い。だが、たまには発泡性以外も呑んでほしい、という気持ちから、美音はこの酒をすすめることにしたのだ。

鰤《ぶり》を一口、そして注《つ》がれたばかりの酒を一口。口の中で魚と酒のコラボを楽しんだあと、アキは小さくため息をついた。

「あーなんかこのお酒、いい感じ……。出しゃばってこなくて、料理の味が引き立つわ」

アキはまたグラスの酒を含み、口の中で転がすように味わう。こちらから見ていても大切に呑んでくれていることがわかり、美音はとても嬉しかった。

いい酒は口当たりがよく、するすると喉を通っていくものだ。だが、いくら呑みやすいからといって、水のようにがぶがぶ呑まれてしまうのは寂しい。蔵人《くらびと》たちが長い時間をかけ、精魂込めて造ったお酒なのだから、できるだけ大切に味わってほしいと思うのだ。

――『ぼったくり』の常連さんは、どの人もお酒を大切にしてくれる人ばかり。

これって本当に恵まれたことなのよね……

ぼんやりそんなことを考えていた美音は、マサの声に我に返った。

「そういえば、先代は確かこっちの人だよな?」

「ええ。それがなにか?」

「それなのに、おせちの焼き物は鰤《ぶり》で、睨《にら》み鯛《だい》を添えてたんだよな。先代は東の出、女将《おかみ》は西。にもかかわらず鰤ってことは、先代の好みは置き去りだったたってことか?」

そう言われてみれば、確かに母の作るおせちはどちらかというと関西風だった。味つけも然《しか》り、内容も然り。店の料理はほとんど父が中心になって作っていたが、さすがにおせちは家庭料理。母の独壇場《どくだんじょう》だったために、やはり西に傾いたのだろう。

とはいえ、父も大人しく従っていたわけではない。

おせちには三種の神器と言われるものがあって、どれを指すかは地域によって違う。両親にしても、黒豆、数の子まではいいが、三品目となると意見が分かれた。田作《たづく》りだと騒ぐ父と、叩きゴボウだという母が毎年ぶつかったのだ。

年の瀬ごとに繰り返される問答に、どうせ両方入れるのだからそんなに揉めなくても……と美音は思っていたが、両親にとって『これさえあればおせち』と言わしめるものが何かというのは、けっこう重要な問題だったらしい。

「三種の神器……おせちにそんなものがあるの？」

聞き慣れない言葉だったのだろう。驚いたように訊《たず》ねてきたアキに、美音は慌てて訂正する。

「三種の神器っていうのはうち独特の言い方なの。本当は三《み》つ肴《ざかな》とか祝い肴とかって言うらしいわ」

関西は黒豆、数の子、叩きゴボウ、関東は黒豆、数の子、田作り。東西の違いはあれ、三つ肴はこれがなければおせちとは言えないというほど大事な料理であった。

「へえー、そんな言葉初めて聞いたわ」

「そうでしょう？　今は知らない人のほうが多いみたい。だからうちの両親も、あえて神器なんて言ってたんじゃないかと思います」

そのほうがまだ認知度が高そうだ、と説明する美音に、アキはまだ納得がいかない顔をしている。そんなふたりにマサが苦笑した。

「三つ肴、祝い肴、神器。どれも若い連中には馴染《なじ》みの薄い言葉だろうよ。たまたま美音坊は料理人だから知ってるってだけだ」

「そうかもしれません。いずれにしても、うちのおせちは母が主導で中身を決めてたんだと思います。作ってたのも、ほとんどは母でしたし」

父にしてみれば、自分は毎日毎日仕事で料理をしているし、年の瀬まで頑張るのは嫌だったのかもしれない。母も同じように料理に携《たずさ》わってはいたが、補助的な作業も多く、父との差は歴然だった。

両親亡きあと、おせち作りは姉妹の共同作業となった。美音と馨も、父と母と同じぐらいの作業量の差はあったけれど、美音はもともとおせち料理を作ることが好きだったし、馨に丸ごと任せてしまうのも気が引ける。ということで、年の瀬になると美音と馨は並んで台所に立つ。もっと甘かった、いや、こんなものだ、などと両親の味を探りながらのおせち作りは、姉妹にとって楽しみのひとつとなっていた。

「おせちは面白いよね。お芋を漉《こ》したり、人参を梅の花にしたり、なんかママゴトみたいで」

「大したもんだな、馨ちゃん。そうやって楽しみながら料理できるってのはいいことだ」

段々一人前になってきたな、なんてマサに言われ、馨は得意げに鼻の穴を膨らませている。

ほんとほんと、とマサに同意したあと、アキはふと考え込むような顔をする。美音がどうしたのだろうと思っていると、ふいに顔を上げ、興味津々《きょうみしんしん》といった感じで質問してきた。

「ねえ美音さん、食べ物の好みってけっこう重要じゃない？　おせちは年に一度のことだから譲り合いもできるかもしれないけど、普段のご飯とか大変そう。お父さんとお母さんは味付けのことで喧嘩しなかったの？」

「私が覚えている限りでは、そんな喧嘩はなかったと思います。でも、結婚したばかりのころはいろいろあったのかもしれません」

「そういえばさ、喧嘩とまではいかないけど、お父さんとお母さんって、いつもソースの使い方でもめてたよね。天ぷらにかけるかけない、とかさ」

「そういえば……」

馨の言葉で思い出したが、確かに両親はソースの使い方というか、使う料理が違っていた。

『なんでこっちにはこんなソースしかあらへんの！　天ぷらがおいしない！』

ないを『あらへん』、不味《まず》いを『おいしない』と言う母の言葉が耳に残っている。店では出ない郷里の言葉が、家ではぽんぽん飛び出してきて、その切り替えの見事さに美音は感心していたものだ。

——ああいうのも一種のバイリンガルって言うのかしら……

美音がそんなことを考えながらカウンターに目をやると、客はふたりともきょとんとしている。

天ぷらなら、塩か天つゆと決まったものだろう、とマサが首を傾げ、アキは気味悪そうに言う。

「まさか、天ぷらにソースをかけるってこと？」

そんなふたりに、馨はなぜか得意げに答えた。

「そのまさかなの。うちの母さん、天ぷらもオムレツもソース派」

「天ぷらやオムレツにソース⁉」

あり得ない、あり得ない、とアキは大騒ぎだった。マサはマサで天を仰ぐ。

「勘弁してくれよ。揚げたて天ぷらにべたべたのソースをかけちまうなんて罪悪だぜ」

「そうよ。それじゃあ、天ぷらのさくさく感が台無しじゃない」

「オムレツにしたって、俺はなんにもかけなくていいけど、かけるにしてもケチャップぐらいなもんだろう」

ふたりは散々嘆き続けた。ところが、美音も馨も平然としたもの……。姉妹の様子に気付いたアキが、疑いたっぷりの目で美音に訊《たず》ねた。

「もしかして、東京にはないような、すごく美味しいソースがあるんじゃない？　関西のソース売り場はすごいってテレビで見たことがあるわ」

アキの言うとおり、関西のソース売り場の品揃えは有名である。

お好み焼きは言うに及ばず、たこ焼き、焼きそばにも専用のソースがある。しかも複数のメーカーからタイプの違う銘柄が出されていて、売り場面積は関東のスーパーとは比較にならない。棚にずらりと並べられたソースのひとつひとつに根強いファンがつき、けっこうな勢いで売れていくらしい。

それほどソースの品揃えに力を入れている地域であれば、『天ぷら専用ソース』というものがあってもおかしくない、とアキは考えたのだろう。

「当たらずといえども遠からず、ですね」

要領を得ない答えに、マサがしびれを切らしたように言った。

「あーもう、なんだってんだよ！　ちゃんとわかるように話してくれよ」

「ごめんなさい。『天ぷら専用ソース』はない……いえ、今はあるのかもしれないけど、とにかくうちの場合はそういう特定の銘柄じゃなくて、ソースのタイプの話なんです」

「種類？　中濃とかトンカツとかいうやつかい？」

「そうです。母の地元では『ソース』はウスターソースのことらしいんです」

中濃は中濃ソース、トンカツはトンカツソースと呼び、ウスターだけがソースと略される。つまりそれほど、ウスターソースのソースとしての地位が確立されているということになる。

外食に行っても、テーブルの上に置かれているのはもっぱらさらさらのウスターソース。大衆食堂ならラベルの付いた瓶やプラスティック容器のまま置かれているから、判別は難しくないが、少し高級なレストランになるとガラス容器に移し替えられていて、醤油《しょうゆ》との区別に困ることになる。

客たちはやむなく容器に鼻を近づけてクンクン嗅いだり、お皿に少しだけ出してみて確かめる、ということになる。一見してわからないというのは困ったことには違いないが、昔から慣れているから特に文句は出ないのだろう。

ともあれ母は、そんなさらさらのウスターソースを、まるで醤油のように天ぷ

らにかけ回し、満足そうに頬張っていた。このぴりっとした味が天ぷらにうって
つけだと……

「なるほど、ウスターソースか……。それならわからないでもない。あのどろっとした中濃ソースやトンカツソースが天ぷらにのってるより遥かにマシだ」

マサはそう言って頷いてくれたが、アキはまだ納得してくれない。

「でも、やっぱりちょっと合わない気がする。さっきも言ったけど、ソースがさらさらだとよけいに天ぷらにしみこんでさくさく感が……」

「あ、それ違うの！」

慌てて馨が否定した。

「あのね、ソースで食べるのは揚げたてさくさくとかじゃなくて、スーパーとかで買ってくる天ぷら」

昨今、スーパーの総菜売り場にはたくさんの揚げ物が並べられている。店によっては、自分で好きなものをパックに詰めて買うこともできる。帰ってから温め直し、昼ご飯のおかずや、晩ご飯に一品加える家は多いだろう。美音の母がソース

をかけるのは、そういう総菜の天ぷらだった。

「なんかね、レンジでチンじゃなくて、ガスコンロについてるグリルとかオーブントースターで焼き直してソースをかけてたんだ。ちょっとだけかりっとなったところに、さらさらのウスターソースをかけるのが美味しいんだって」

天つゆや塩にはない、ピリリとした辛さの中に漂うほのかな甘みが堪らないのだと、母は主張していた。

「あたしもたまに真似してソースで食べたこともあったけど、けっこう美味しかったよ。でもお姉ちゃんはお父さん派だったから、温め直しの天ぷらには塩かお醬油《しょうゆ》だったよね」

「醬油⁉」

そこでまた、アキが声を高くし、まじまじと美音を見る。

ある料理をどんな調味料で食べるか、という話が始まると、誰かがなにかを言うたびに、こんなふうに目を見張る人が出てきて面白い、と美音は思う。

その人の価値観というか、人となり、育ちがストレートにわかるような気がするし、自分と同じ食べ方をする人には共感を覚える。極端に言えば、『いい人認定』をしてしまいそうになる。同様に、自分と違う食べ方をする人を『敵認定』することもあるのだろう。もっとも美音は料理人だから、予想外の食べ方を聞いても、そんな食べ方もあるのか……と思うぐらいですむけれど……

「醤油《しょうゆ》はありだな。俺も時々やる。飯のおかずにはけっこういいんだ」

「そう言われればそんな気もするけど、やっぱり違う気もする」

「じゃあ、アキちゃんは総菜の天ぷらはなにをつけて食べてるんだい？」

「え、あたし？　あたしは塩かオーロラソース」

そこでアキの口から出てきた答えに、今度はマサが口をぽかんと開けた。

「オーロラ……？　なんだそれ？」

「ケチャップとマヨネーズを混ぜるのよ」

「あ、『ぼったくり』の秋休み前になると出てくる、鮭缶の団子につけるやつか！」

「そう、それ！　あれって天ぷらにもすっごく合うのよ」

オーロラソースをつけた天ぷらの味わいを思い出したのか、うっとりしているアキに、マサが怒ったように言った。

「天ぷらって言ったら和食の代表みたいなもんだぞ。それにケチャップやらマヨネーズやらつけちまうなんてあり得ねえ」

「だって、鮭団子に合うならキス天にも合いそうだって思わない？　で、やってみたらばっちり。魚以外はどうかなーって試してみたら、野菜もすごく美味しかったのよ」

「あーもう、最近の若い奴の味覚はどうなってんだ！」

マサはしきりに嘆くが、アキは平気の平左《へいざ》である。

「別にいいじゃない。マサさんだって、ほうれん草にマヨネーズをかけてるでしょ？」

ほうれん草を茹でて醤油と削り節、あるいは摺《す》り胡麻をかけて食べるというのは定番だ。

けれど、マサは時折、ほうれん草に控えめに醤油を垂らし、その上からマヨネーズをかけたものを食べたがる。本人曰《いわ》く、旨いし、ボリュームが増して食べ応《ごた》えがあるとのことだが、それを真似る常連はひとりもいない。

お総菜売り場で売られている天ぷらの中には、フリッターみたいになっているものもある。ほうれん草のおひたしにマヨネーズをかけるよりも、フリッターにオーロラソースをかけるほうが料理としてはありだ、とアキは主張した。

美音に言わせれば、天ぷらにソースもオーロラソースも、ほうれん草にマヨネーズも大差ない。いずれも『個人の好み』としか言いようがなかった。

馨は隣で笑い転げている。

「こうなるともう西も東も関係ないね、ただの好み。しかも下手物《げてもの》食いの一歩手前って感じ」

「まったくだ。ってことは、まっとうに料理されてるおせち、しかも鰤《ぶり》を焼くか鮭を焼くかなんてどうってことない問題だな」

「父も母も食べることを大事にする人でしたから、譲れない一点だけ守って、あとはそれぞれが食べたいように食べればいいってスタンスだったんでしょう」

「まあな。だからこそ、『ぼったくり』では同じ素材が、別な味付けや料理法で出てくるんだろうな。鰤にしたって塩焼きと照り焼きが選べる、みたいに」

「あたしたちの好みに最大限応えようとしてくれてるのよね、ありがたいわ」

しみじみと言葉を交わしているアキとマサを見て、美音は、ふたりの言っていることは間違ってはいないが、発端は単なる両親の食についての意見対立だったのではないかと思った。

鰤は塩焼きか照り焼きか。

スコッチエッグのベースはコロッケかハンバーグか。

揚げ団子の素材は鮭缶か豚挽肉か。

蒸し鶏を何で食べるか、おつまみ素麺《そうめん》は海苔《のり》かハーブか。

冷やし中華に関しては、胡麻ダレか醤油《しょうゆ》ダレか争った挙げ句、両方かけてしまったのではないかと推察される。

とはいえ発端がどうであれ、たいていの場合、『ぼったくり』の料理には選択肢が与えられる。

だからこそ客たちは、好みにぴったりの味を選べるし、選択肢に満足がいかなければ別な要望を出すこともある。すべては父の、客の要望にできる限り応《こた》えたいという姿勢が導いたことだろう。

父は、自分が出したい料理を出しているだけだ、と言い張りながらも、なんとかその料理を客の好みに近づけ、満足を引き出すべく懸命に努力していた。その姿勢は、美音も同じだ。

常連たちがこの店を心地よいと思い、美音の料理を美味しいと言ってくれるのは、父にはとうてい及ばないにしても、客の好みに少しでも歩み寄ろうとする姿勢が評価された結果なのだろう。

家庭料理にしても同じだ。自分が食べたいものがあるのと同様に、相手にだって食べたいもの、食べたい味がある。生まれながらにその味で育つ子どもと、夫婦は違うのだ。

全く違う土壌、違う味で育ってきたのだから、お互いに相手を気遣う気持ちがなければうまくいくはずがない。

関西で生まれ育った母のおせちの中には、だし巻き卵ではなく、父が好む伊達《だて》巻《ま》きが入っていたし、お煮染《にし》めは上品な薄味ではなくしっかり照りを出した濃い味つけだった。

一方、父が担当していたお雑煮は、関東風のすまし汁なのに、中に入っているのは丸餅。そうやってお互いの好みの共存を図っていたからこそ、両親はうまくいっていたのだと思う。

そして、おせちだけでなく、そういった和洋折衷《せっちゅう》ならぬ東西折衷の家庭料理は、全国津々浦々《つつうらうら》にあるのではないだろうか。

――職場や学校の関係で、生まれ育った地を離れる人が増えれば増えるほど折衷は進み、いずれ関西風関東風という言い方も廃《すた》れるのかもしれない。それはそれでちょっと寂しいような気がするけど……

そんなことをぼんやり考えていると、いきなりマサが話しかけてきた。

「そういえば、美音坊。タクの父ちゃんは東男《あずまおとこ》のはずだが、そのあたりは大丈夫なのかい？」

「マサさん、東男ってなに？」

すかさず馨が訊き返した。

マサは、東男《あずまおとこ》も知らねえのか……とがっかりしているようだったが、美音には馨がその言葉を知らなかったとは思えない。おそらく、結婚を前提とした話をされて戸惑うに違いない姉を気遣って、考える時間を与えようとしてくれたのだろう。

馨の意図を知ってか知らずか、マサは『東男』の説明を始めた。

「東男は東男だよ。京都から見て東、つまり東京で生まれ育った男。で、京都で育った女は京女。東男に京女ってのは、昔から相性が悪い取り合わせだって言われてきたんだ。タクの父ちゃんは、東京生まれの東京育ちじゃねえのか？」

「確かに要さんは、言葉だってなんだって東京よね。学生時代はよそに行ってたのかもしれないけど」

佐島《さしま》建設は東京の会社だし、要が生まれたとき、彼の両親は既に東京で暮らしていたはずだ、とアキは言う。

「だろ？　美音坊だって東京の生まれだが、食いもんは先代女将《おかみ》の影響が強いんじゃねえのか?」

「となると、味付けも関西風よね。要さんとはいろいろ食い違いが出てくるかも。結婚するとしたら大変じゃない。急いで対策を考えたほうがいいわよ」

「対策ってなんだよ?」

「いろいろあるでしょ。たとえば、普段どんな味付けのものを食べてるか調べるとか……。ねえ、美音さん?」

マサもアキも興味津々《きょうみしんしん》という顔で美音を見てくる。

実はふたりとも、味が合うとか合わないとかよりも、美音と要は本当に夫婦になるのか、だとしたらそれはいつか、のほうが気になっているに違いない。

困ったな……と思っていると、馨がまた救いの手を伸ばしてくれた。

「そんな心配いらないよ。要さん、『ぼったくり』の料理、気に入ってくれてるし」

「いやいや、それは外で食う飯のことだろ? たまに食うなら旨けりゃそれでいいけど、毎日となったらやっぱり……」

馨はなんとかごまかそうとしてくれたが、話はやっぱり『毎日』が前提となるのかどうかの確認になってしまう。容赦ないなあ……と美音はため息が出そうになった。

たとえばこれがシンゾウであれば、美音や要が自分たちから話題にしない限り、こんなふうに訊《たず》ねたりしない。だが相手はマサとアキ、美音の複雑な——プロポーズを受け入れたものの、具体的な話をなにひとつ進められずにいる心境などお構いなしだ。

——もしかしたら発破《はっぱ》をかけられているのかしら。なんだか、マサさんの目が、さっさと一緒になってしまえ、あんまり待たすんじゃないよ、って言ってるみたいに見えるわ……

だが、どうやらそれは美音の杞憂《きゆう》だったらしく、次にマサの口から出てきたのは、どちらかというと『ぼったくり』の常連としての心配事だった。

「ま、考えてみりゃ、美音坊とタクの父ちゃんなら、多少料理の味加減で揉めたって、どうってことない。むしろ、それぐらいでちょうどいいぐらいかもしれねえ。だがよー……美音坊、あいつと一緒になるから『ぼったくり』を閉めるって話にはならないよな？」

マサは長年通ってきた『ぼったくり』が美音の結婚を機に閉店してしまうのではないか、と不安でならないらしい。とにかく店を続けてほしい、という思いが言葉に溢れていた。

「でも、『ぼったくり』の仕事と、要さんの奥さんを両立するのって難しくない？　あたし、美音さんには絶対幸せになってほしい。『ぼったくり』を続けることで、ふたりがうまくいかなくなるぐらいならいっそ……」

それまでの元気はどこへやら、アキは俯《うつむ》いて言葉を切った。

学生時代から恋人も作らず、『ぼったくり』にかかりきりだった美音が、ようやく掴みかけた幸せである。同じ女性として、逃してほしくないという気持ちがあるのだろう。

「ここはあたしにとって家みたいなところだし、もしもここがなくなったら、落ち込んだときどうやって元気になろうって困っちゃう。だけど、だからって無理に続けてなんて言えないよ。要さんの収入ならきっと美音さんが働かなくても大丈夫だろうし……っていうか、ああいう忙しい人の奥さんって、家にいる人のほうがいいと思うし……」

仕事が忙しく、放っておくとまともに食事もとらないような相手なのだから、家にいてしっかり彼のケアに集中すべきだ。さもないと、身体を壊しかねない、とアキは心配そうに言う。

「美音さん、すごく頑張り屋さんでしょ？　あたしたちの我が儘《わがまま》で『ぼったくり』を残してもらったら、仕事と奥さんを両方完璧にやろうとして身体を壊しちゃうかもしれない。そんなことさせられないよ……」

アキの口から次々に漏れてくる気遣いたっぷりの言葉に、美音は涙ぐみそうになる。

しばらく無言の時が続いたあと、馨が意を決したように口を開いた。

「お姉ちゃん、もうはっきりしたほうがいいと思う。みんなだって心配してるし」

「馨……」

馨は、まるで美音を責めるような口調だった。

美音は普段から客の話を聞くばかりで、自分のことを話したりしない。要とのことにしても、常連たちの大半が、ふたりが付き合っていることを知っていて、いずれ結婚するだろうと思っていても、なにひとつ説明してこなかった。

要が『ぼったくり』に来るのはたいてい閉店間際で、他の客と顔を合わせることもない。馨もそのころには帰宅しているから、ふたりの様子がわからず、客同様、不安は募る一方なのだろう。

『ぼったくり』の存続について、客たち以上に影響を受けるのは馨だ。焦っているだろうし、怒りも感じているだろう。今後どうするつもりでいるのか、ちゃんと説明してほしいと詰め寄ってくるのも当然だった。

「プロポーズを受けたのに、全然話が進んでないんでしょ？　みんなだって心配してるじゃない！」

馨がどんどん叱責口調になっていく。そんな馨の怒りを宥めるように、マサが言う。

「馨ちゃん、俺たちのことはいいんだよ。つい気になって、余計なことを言っちまったが、『ぼったくり』は美音坊と馨ちゃんの店だ。この先どうするかは美音坊と馨ちゃんの自由、ふたりで決めればいいことなんだ」

「でも！」

「そうよ。美音さんには美音さんの考えがあるんだし、あたしたちが口を挟む筋合いじゃないのよ。ごめんね、変なこと言って」

マサとアキはしきりに、自分たちの迂闊《うかつ》な問いかけが馨の気持ちを逆撫《さかな》でしたことを詫びている。

ここにきて美音は、これ以上黙っているわけにはいかない、という気持ちになった。

「『ぼったくり』は閉めません」

「美音坊……」

「このままいけば、結婚することになるとは思います。でも、『ぼったくり』をやめたりしませんから」

「でもね、美音さん！『ぼったくり』は居酒屋でしょ？　夜の仕事なんだよ？

要さんは昼間の仕事だし、一緒にいられる時間がすごく少なくなっちゃう。それでもいいの？」

「そうだぜ。第一、亭主が戻ってきたときにかみさんがいねえってのは……」

『ぼったくり』をやめてほしくないはずのマサにまでそんなことを言われ、美音は今更ながら、結婚生活の難しさを痛感する。感情だけに流されて結婚を決めてしまった自分が、あまりにも考えなしに思えた。

「『ぼったくり』は、両親から譲り受けた大事な店です。もしもこの店を続けることで、要さんに迷惑をかけるとしたら、私は……」

そこまで言ったとき、ほとんど音も立てずに引き戸が開いた。

「どうするって言うんだろうね、君は？」

そう言いながら、入ってきたのは要だった。

「聞いちゃった……？」

馨が、しまったと言わんばかりの顔になる。当の本人に聞かれるとは思ってもいなかったのだろう。

「けっこう大きな声だったからね。外まで聞こえてた」

「えーっと……どのあたりから？」

アキも心配そうに訊く。

「『みんなだって心配してるじゃない！』から。なにを心配してるのかと思いきや、店を閉めるの閉めないの……」

あまりにも不機嫌そうな要の声に、美音は後悔することしきりだった。自分の発言に嘘はない。だが、それを要に聞かれるとは思っていなかった。

鰤《ぶり》を焼いたとき、煙がこもってしまったので、逃がすために少しだけ引き戸を開けておいたのだ。こんなことなら、もっと早く閉めておけばよかった、と思っても後の祭り。要はおそらく、引き戸の隙間から漏れてくる声を拾ったのだろう。

「『もしもこの店を続けることで、要さんに迷惑をかけるとしたら、私は……』、その続きは？」

要は笑みの欠片《かけら》もないまま、まっすぐに美音を見ていた。

「まあまあ、要さん。とりあえず座ったらどうですか？　なんだかお久しぶりですよね」

　アキが取りなすように言いながら、自分の隣の椅子を引いた。

　要が他の客がいるときに店に来たのは、例の鰻《うなぎ》の賞味期限騒動のあと、シンゾウがみんなを招集した日以来だ。あれからもう一ヶ月以上経っているから、アキはそんな声をかけたのだろう。

「おう、タクの父ちゃん、たまにはみんながいる時間に来いよ。美音坊をかっさらったからっていじめたりしねえからよ」

「そうだよ。お姉ちゃんとラブラブでも水をかけたりしないし」

　マサも馨も、なんとか要の硬い表情をほぐそうと躍起《やっき》になったが、要は美音から目を離そうとはしない。それどころか、依然として不機嫌そのものの声で言う。

「おれが、君がこの店をやることで文句を言うとでも思ってるの？」

「いいえ……」

「じゃあ、なぜそんなことを言うの？　聞かせてくれよ。おれに迷惑がかかるとしたら、店をやめるの？　それともおれと別れるの？」

要は矢継ぎ早に質問を重ねた。憤懣《ふんまん》やるかたない、といった表情で……

彼はおそらく、ここが営業中の店だということを忘れているのだろう。マサやアキという客、そして馨までいることすら気にも留めず、感情まかせに自分の問いに答えろと迫っている。普段の冷静さはどこにいってしまったのだろう、と美音はただただ困惑していた。

一方要は、質問に答えようとしない美音が、要の気持ちなどどうでもいいと考えているような気がして、苛立ちを抑えられない。

今日の午後、いつもどおりに仕事をしていた要は、ふとカレンダーに目をやり、十一月が終わろうとしていることに気付いた。このところ多忙を極め、いつも以上に閉店ぎりぎりの時刻にしか『ぼったくり』に行けていない。たまには早い時間に顔を出してゆっくりしたいと考えた要は、なんとか仕事に切りをつけて会社をあとにした。

商店街はまだ店じまいしていない店もあり、いつもとまったく違う雰囲気だった。この時間ならおそらく常連のひとりやふたりは店にいるだろうけれど、先般、兄や祖父のせいで心配をかけたことのお詫びもしていない。なんせあの日は千客万来で、きちんと謝る暇もなかったのだ。この機会にみんなにお礼を言っておかなければ、と思いつつ引き戸を開けようとしたとき、中から客たちと美音の会話が漏れてきた。

店の今後や、美音のこれからを心配する声に、美音はどう答えるつもりだろう。そう思った要は、引き戸に手をかけることなく、話を聞き続けた。

きっと、美音は自分と結婚すること、そして結婚後も『ぼったくり』を続けていくことを宣言してくれると思っていた。実際、結婚することについて美音の口から否定する言葉は出ず、マサとアキも当然のこととして受け止めているらしかった。

問題は、そのあとだ。

ふたりの間で、美音の仕事が結婚の妨げになり得ないことは確認済みのはずだ。要としては、言葉を変え、何度となくそのことを伝えてきたつもりだった。それなのに、なぜ美音は、結婚と店の経営を天秤にかけるようなことを言うのだろう。しかも彼女は、『ぼったくり』の経営を優先するような発言までした。

あれほど、『ぼったくり』を続けることに支障はないと繰り返したのに、美音は信じていなかったのか、と思ったら抑えきれない怒りが湧き、そのまま無礼を承知で客たちと美音の会話に割り込んでしまった。

仕事と結婚を天秤にかけたこと自体も、その結果、彼女が選ぼうとしている選択肢もとうてい許せるものではなかった。

要はカウンターの向こうに佇《たたず》む美音から、是が非でも答えを引き出す決意をしていた。

美音は無言で要を見つめていた。

彼が答えを待っていることはわかっていたが、今ここでする話ではない、という思いが勝る。

要は今まで見たこともないほど怒りをあらわにしていたが、その怒りは『ぼったくり』の店主としての美音に向けたものとは思えない。

要は、何度も『おれは君が店を続けることを妨げたりしない』と言ってくれた。

だが、今、彼がやっていることは彼の言葉に反している。そう考えると苦い思いがこみ上げるが、彼が感情を高ぶらせている以上、自分が冷静になるしかなかった。

「要さん」

「なに？」

「その話はあとでしましょう。ここは私の職場ですし、私は今、仕事中です」

「あ……」

美音がきっぱり言い切ると、要はバケツで水をかけられたような顔になった。

彼の湛《たた》えていた怒りが急速に引いていくのが手にとるようにわかる。

美音が込めた、ここにいるのは私たちだけじゃない、というメッセージはどうやらちゃんと伝わったらしい。

同じ『ぼったくり』の店内でも、美音と要しかいない閉店間際とは違う。今は他にも客がいて、美音はまさしく仕事中なのだ。

要は、力が抜けたように椅子に腰を下ろした。しょんぼりと首《こうべ》を垂れ、誰とも目を合わせようとしない姿は、まるで叱られた子どものようだ。

「すまない……」

見かねたのか、マサが声をかける。

「やっちまったな、要さん。ま、とりあえず一杯やんなよ。客として大人しく座ってる分には、美音坊だって追い出したりしねえよ。あ、馨ちゃん、俺の奢《おご》りだ。この気の毒な御仁《ごじん》に酒でもやってくれ」

「はーい！　要さん、なんにする？　ビール？　お酒？」

「いや、でも……」

そう言いつつ、要は美音をそっと窺《うかが》ってくる。馨は馨で、元気な声の裏に心配の色を潜《ひそ》めていた。いつもなら要の飲み物は美音が選ぶが、今日はそれすらしないのではないか、と思っているのだろう。だが、そんな心配は無用だ。ついさっき、自分は仕事中だと言ったばかりではないか。

「今日は濁《にご》り酒が入ってます。癖があって苦手だとおっしゃる方も多いですが、お燗《かん》にするとすごく呑みやすくなるんです。冷え込んできましたし、熱燗の濁り酒はいかがですか？」

こんなふうに訊《たず》ねること自体が、不機嫌の表れだなと自分でも思う。

いつもならそんな質問などせず、酒を選び、料理を作り始める。酒の種類どころか、温め方まで訊ねるなんて考えられなかった。

「燗か……。それなら、『吉乃川《よしのがわ》　厳選辛口』がいいな。とびきり熱くして」

『吉乃川　厳選辛口』という銘柄が耳に入ってきたとたん、美音ははっとした。慌てて要の顔に目をやると、彼もこちらを見ている。数秒見つめ合ったあと、要の口から小さな、そして満足そうなため息が漏れた。

要が初めて『ぼったくり』を訪れたのは、十一月の終わり、冷たい雨が降る夜だった。あの夜、美音は寒さに震える要に、熱燗の『吉乃川　厳選辛口』を出した。あれから今日でちょうど二年。今日は、ふたりだけが知っている記念日だった。

——要さん、覚えていてくれたんだわ。それでわざわざこんなに早い時間に……

それまで美音が抱えていた不満や怒りは、『吉乃川　厳選辛口』という酒とそれにまつわる思い出によって、すっかり溶かされてしまった。

美音の様子を見て取った要は、ほっとしたように言った。

「ということで、よろしく」

「はい、ただいま」

「どうしたの？　なんか急に空気の色が変わったんだけど……」

馨が小声で訊《たず》ねてきた。急に柔らかくなった姉の表情や仕草に、疑問を抱いたのだろう。

なんでもないの、と返しながら、美音は熱燗《あつかん》にした『吉乃川　厳選辛口』を要の猪口《ちょこ》に注《つ》ぐ。酒は猪口に適度に熱を奪われ、飲み頃となっているはずだ。

要は即座に猪口を干し、はあ……と感嘆の息を漏らす。酒もその呑み方も、あの夜とそっくり同じだった。

「旨いなあ……。やっぱりこの酒は燗に限る」

「そうかい？　俺は、この酒は冷やでこそ、と思うがなあ」

「あ、それはすみません」

マサに反論され、要は素直に詫びたが、今度はアキがマサに言い返す。

「どうだっていいでしょ。お酒だって、お料理だって、好きなように呑んだり食べたりすればいいのよ。それが許されるのが『ぼったくり』なんだから」

アキの言葉に、美音は先ほどの自分の思いを強くする。

客が好きなように食べたり呑んだりする場所。どんな人が来ても、食べて呑んで満足して笑顔で家に帰っていける場所——それがこの『ぼったくり』という店である。

この場所を守るために、美音はこれからも努力し続けるだろう。そのために捨てなければならないものがあるとしたら、潔《いさぎよ》く捨てる。しかしそんな美音の覚悟を、片っ端から要が打ち砕いてしまうのだ。

君に余分なものなどなにもない。だから、何も捨てなくていい、と……

二年前の今日、通りすがりで入ってきた客は、もう美音の人生になくてはならない人になった。その上、本人も美音の人生から出ていく気などまったくなさそうだ。

この店を続けていくために、考えなければならないことはたくさんあるけれど、ふたりならきっと乗り越えられる。要のことだから、全部が全部公明正大な手段とは限らないけれど、美音の苦境を救うために、全力を尽くしてくれるに違いない。

――私は、要さんとこの店を天秤にかける必要なんてないんだわ……

美音はこれまでずっと、『ひとりでも大丈夫』と自分に言い聞かせてきた。そんな美音に要は、常に救いの手をさしのべてくれた。時に言葉で、時に行動で……もちろん、ひとりで乗り越えられなかったとは思えないし、思いたくもない。それでも、困ったときに一緒に考えてくれる人がいるという心強さは、何物にも代えられない。

要は、美音の中に根付いていた『ひとりでも大丈夫』という思いを壊そうとはしなかった。ただ、一言加えただけ――『ひとりでも大丈夫、でも一緒にやっていこう』と……

ひとりでも大丈夫な人間が、ふたりで生きていく。要はその素晴らしさと、それによって広がる世界をこれからも示し続けてくれるだろう。

要は、マサやアキと当たり障りのない会話を続けながら、すいすいと酒を減らしていく。

本日のおすすめには手羽元の煮込みも入っている。奇《く》しくも要が初めて来てくれた日と同じである。あの日は手羽元自体は売り切れで、彼には煮こごりしか出せなかったけれど、今日はちゃんと残っている。

醤油《しょうゆ》とみりん、そして酒でじっくり煮込んだ手羽元は、箸を入れただけでほろりと崩れ、生姜《しょうが》の香りがアクセントとなる一品だ。燗酒《かんざけ》との相性もばっちりだから、要も喜んでくれるに違いない。

燗酒とのコラボに目を細める要を想像しながら、美音は手羽元の煮込みを温め始めた。

†

「すまなかった」

片付けを終えた馨が帰っていったあと、まず要の口から出たのはその言葉だった。

「ここは君にとって大事な職場だ。わかってるつもりでいたのに、つい……」

どういう理由、そしてどういう形であれ、美音が自分との別れを考えたこと自体が許せなかった。ましてやそれが、仕事と結婚を天秤にかけた結果だなんて論外だ。

美音にとって『ぼったくり』が、かけがえのない場所だということぐらいわかっているし、それを維持するために、どれほど頑張ってきたのかもわかっている。もしも美音がこの店で頑張っていなければ、自分が『ぼったくり』に二度三度と足を運ぶことはなかっただろう。美音の料理と酒を選ぶ目が印象的だったことは確かだが、それ以上に惹きつけられたのは、なんとか客の満足を引き出そうと努力する美音の姿だった。仕事に臨む美音という存在を否定することは、ふたりのこれまでを否定するようなものなのだ。

改めて、自分の気持ちを美音に伝え、要は自分の感情任せの振る舞いを詫びた。

「仕事の邪魔をして悪かった。でも、おれたちが出会う前から君は『ぼったくり』の店主だったってわかってても、君が別れを口にしそうだったことがショックだったんだ」

「でも、実際、このまま店を続けたら要さんにご迷惑が……」

今は馨とふたりだから、家事もなんとかこなせているが、ひとりでやるとなったら手が回らなくなるに違いない、と美音は俯《うつむ》いた。

「それって、けっこうおれに失礼な発言なんだけど、自分でわかってる?」

いきなり失礼だと言われ、美音はきょとんとしている。なにがどう失礼なのか、さっぱりわからないのだろう。

「おれは赤ん坊じゃない。家事だって普通にこなすし、そもそも君に何かしてほしくて一緒になりたいと思ってるわけじゃないよ。むしろ、君の仕事の妨げにならないよう、家事だって頑張るつもりでいるんだ」

まあ、君や馨さんよりも下手だろうけど、と笑ってみせる要に、美音は困り果てたような顔になった。

「本当にそれでいいんですか？　私、晩ご飯も一緒に食べられない……」

「いいんじゃない？　週に一度は休みがあるんだし、それで十分だよ」

「そんな簡単に言われちゃうと、かえって不安なんですけど……」

「なにが？」

「なんか……本当は嫌だと思ってるのに、無理してるんじゃないかなって……」

西と東のおせちの味を融合させるように、譲れる部分を譲り合って調和させていくならいい。おせちに入っているのが鰤《ぶり》であろうが鮭であろうが、構わない。

どっちもがおめでたい魚であることに間違いはないのだから。

けれど、どうしてもないと寂しいと感じる睨《にら》み鯛《だい》を外すような選択であったならば、その選択は間違っている。

三が日の間、あるいは一生、ずっと睨むべき鯛がないことを悔い続けながら送る人生は虚しすぎる。

たとえそこにどんなに立派な伊勢エビがあったとしても、鯛がいて欲しい人にとってはあまりにも無意味だ——

東西のおせち料理、そして睨み鯛と伊勢エビの比較に、美音は弁舌を振るいまくっている。

しばらくはじっと聞いていたものの、とうとう要は笑い出してしまった。

「君にとって鯛の塩焼きっていうのは、そんなに大事なものなの？」

「いや、それはもののたとえというか……でもやっぱり大事かも……」

「で、君にとっておれはどっち？　もしかして、伊勢エビなのかな……」

大きくて美しい髭《ひげ》を持つ立派な伊勢エビ。しっかり茹でられて、きっとその身はとても甘いだろう。鯛と伊勢エビ、要としては、どうせたとえられるなら伊勢エビのほうがいいような気がした。

ところが美音は、急に声を大きくした。

「そんなわけないじゃないですか。要さんは鯛に決まってます！」

美音は顔を真っ赤にして否定した。

「いったいどこが違うのかな、伊勢エビとおれは」

「だって伊勢エビは、っていうか、これはエビ全般の話ですけど……」

「エビ全般が何？」

美音はしばらく言葉を探したあと、ぱっと顔を輝かせた。

「エビって、バックするじゃないですか」

「バック？」

「前から敵が来たりすると、ぴょーんって飛んで後ろに逃げるでしょ？」

「ああそうだね」

「要さんは、そんなことしない人です」

前からどんな大きな敵が来ても、どれほど太刀打《たちう》ちできなそうな相手でも、後ろに逃げたりはしない。少なくとも、触れた瞬間に飛び退くような逃げ方はしない。

まるで、天然物の大きな鯛《たい》のように、たと

え背びれや尾びれがぼろぼろになろうとも、相手に向かっていって戦うだろう。その命が尽きるまで、後ろ向きに泳ぐことなどしないはずだ。

それが、要とエビの違いだ、と美音はきっぱり言い切った。

「そんなに勇ましくないよ、おれは。逃げるときもある」

「え、そうですか？ でも、なんかそれって、考えがあって逃げてませんか？ 発展的後退とか、急がば回れとか、そんな感じがします。闇雲に逃げるなんて絶対考えられません。だから、要さんは伊勢エビじゃなくて鯛です。背中に乗っても安心なぐらい、大きな鯛です」

本当に自然にそう答えた美音に、要は言葉をなくした。

背中に乗るってどれだけ巨大な鯛だよ、と思う半面、寄せられた信頼のまっすぐさに心を洗われるようだった。

立ち回りがうまいと言われたことならある。裏と表を使い分け、手堅く目標に達する仕事ぶりを狡猾《こうかつ》だと言われたこともある。頭脳プレーもフェイクも大の得意だったし、褒められることも多い。それでも、こんなにストレートに、あなたは逃げない人だと言われたことはなかった。

そして要は、いかに自分がそんなふうに言われたかったかを思い知らされる。中学から高校にかけての時期、ひねくれてやさぐれて、あらゆるものから逃げ出した。

学生として送るべき正しい生活からも、真面目な努力からも、学問そのものからも逃げた。それがどんな結果を招いたかに気づかされたのは、大学に入ってからのことだ。

その結果を覆《くつがえ》すために、学歴ロンダリングと言われても、うまいことやったと言われても、耳に蓋をして進み続けるしかなかった。苦しい時代を支え続けたのは、あのとき逃げ出してしまった自分を悔いる気持ちだ。リカバリーにかけた努力は、本来必要だった時期に払う努力の数倍で、こんなに大変な思いをするのなら、もうこれからは逃げ出したりしない、と心に誓うほどだった。

それでも、大人になって以降、すべてから逃げ出さずにすんだかというとそうではない。どうにもならなくて逃げたことだってあるのだ。

それなのに美音は、要さんは逃げたりしない人です、と言う。それは、要が何よりもほしいと思っていた言葉、信頼の表れだった。

要は、その信頼を裏切りたくないと心の底から思う。そして同時に、美音こそが鯛《たい》だと確信する。

自分の重箱になくてはならず、三日でも四日でも眺めるだけで満足できる鯛だ。強い尾びれと背びれを持ち、鋭い歯を持ち、魚の王者と言われながら、その色合いのなんと儚《はかな》く美しいことか。ついでに言えば、多忙のあまり昼食を抜いてしまったことを責めるときの眼差しも、重箱の脇からこちらを見ている鯛にそっくりだった。

睨《にら》み鯛にそっくりだ、なんて言ったら、また睨まれるんだろうな……などと考えていると、美音が後ろを通って外に出ていった。閉店時刻は過ぎているから、暖簾《のれん》を仕舞いに行ったのだろう。

戻ってきた美音は、本日の営業は終了です、と嬉しそうに言ったあと、要の隣にすとんと腰を下ろした。

「君はおれが鯛《たい》だって言うけど、おれに言わせれば君こそ鯛だよ。しかも天然極上の」

美音は要を見上げたまま、何事か考え込んでいる。おそらく鯛と自分の類似点について考えているのだろう。

眉を寄せている美音を見て、要は、きっと、私は鯛じゃありません、あんなにきれいじゃ……なんて謙遜《けんそん》するのだろうな、などと考えていた。ところが、次に美音の口から出てきたのは、ものすごく不満そうな声だった。

「どうせ私は鯛ですよ！　シルエットが、きゅっ・ぼん・きゅっですからね！」

『ぼん・きゅっ・ぼん』という表現が使われるようになったのはいつのことだっただろう。女性の理想的な体形を表す言葉、しかも勝手にそれを裏返しにして、美音はぷんぷん怒っている。

誰もそんなこと言ってないだろう、と返したくても、言葉が口から出てこない。美音のあり得ない反応に、要はただ笑い崩れるばかりだった。

濁り酒の呑み方

濁り酒はちょっと、とおっしゃる方は意外に多いようです。実は私もそのひとりでした。でも、あるとき居酒屋さんで濁り酒の話になったとき、あの独特の酸味と甘みが……と言ったところ、熱燗をすすめられました。濁り酒を燗してしまっていいの!?　とびっくりしつつも呑んでみると、実にすっきりとした味わいで、思わずおかわりしたくなったほど……。濁り酒は常温、あるいは冷やして呑むものだと思い込んでいただけに、目から鱗でした。熱燗ではなく、ぬる燗にすると甘酒のような味わいにもなるそうです。呑み方によって全然違う顔を見せる濁り酒。一度お試しになってはいかがでしょう?

出羽ノ雪　雪　純米

株式会社 渡會本店

〒997-1124
山形県鶴岡市大山二丁目2番8号
TEL：0235-33-3262
FAX：0235-33-3368
URL：http://www.dewanoyuki.com/

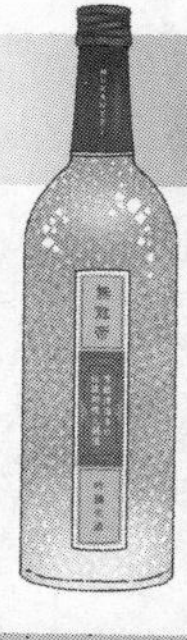

無冠帝

菊水酒造株式会社

〒957-0011
新潟県新発田市島潟750
TEL：0120-23-0101
（お客様相談室　平日10時～17時）
http://www.kikusui-sake.com/

明太子とニラのおひたし

白菜と肉団子のスープ

伊達巻き

家出騒動

「もう、いい加減にしないとお母さん怒るからね！」

忙しさに紛れ、もうすっかり枯れてしまった大葉のプランターを放りっぱなしにしていた美音は、今日こそ片付けようと店の裏に回った。そこに聞こえてきたのは、子どもを叱る女性の声。おそらく裏のアパートからだろう。

——お母さん怒るからね！　って予告みたいに聞こえるけど、言ったときにはもう怒っちゃってるのよね……

美音はため息をつきつつ、アパートの二階を見上げる。

声の主の見当はついている。なんせ美音は、このところ毎日のようにこの声を聞いているのだ。確かめるまでもなく、早紀《さき》一家の隣に住んでいるリョウコだろう。

リョウコと夫のヒサシ、そして三人の子どもという五人家族が、裏のアパートに入居したのは、四年ほど前のことだ。

裏のアパートは築年数も古いし、駅からも遠い。早紀の両親は工場勤務で、会社の送迎バスを利用しているから駅が遠くても関係ないが、ヒサシ夫婦の場合、どちらの勤め先にも送迎バスはないらしい。雨の日も、風の日も、朝になるとバス停まで歩く姿が見受けられる。きっと駅から電車に乗って通勤しているのだろう。

共働きだし、衣服や持ち物を見ても暮らしに困っているようには見えない。なにを好き好んでこのアパートを選んだのか、と周囲の住民は首を傾げたものだ。ところがしばらくして彼らの人となりがわかってくるにつれ、そんな疑問は消えていった。

リョウコは実に飾らない、というか、かなり開けっぴろげな性格だったのだ。商店街で買い物をしていても、子どもや夫の失敗談を賑《にぎ》やかに語る。

『ヒサシさんってば、またお財布を忘れて出勤しちゃったのよ。おまけに、下ろしにいく暇もないからってお昼も食べなかったらしいわ。電車用のICカードに十分チャージしてあるんだから、コンビニのお弁当ぐらいそれで買えると思わない？　それなのに、私に言われて初めて、あ……だって。お間抜けよねー』

間抜けではなく『お間抜け』と言ったことでぎりぎりセーフ。さもなければ、夫婦喧嘩に発展しそうな発言だった。それでも、リョウコのそんな暴露話はいつものことらしく、子どもたちもヒサシ本人も、ただ笑っている。

そんな一家の様子に、近隣住民は安心するとともに、なんとなく彼らがこの町に住む理由を察した。

要するにリョウコは、近所に気を遣わなければならないような高級住宅街が苦手なのだ。さらに、会社の上下関係の影響を受けかねない社宅も煩《わずら》わしい、ということで、この下町に居を構えることになったのだろう。二部屋だけある2LDKの片方が引っ越していくやいなやの入居だったから、空きが出るのを待っていたのかもしれない。自分たちの家を持つまでの間に合わせの可能性も高かった。

「やっぱり男の子三人は大変だよね……。リョウコさん、嫌になっちゃったのかなあ……」

アパートから聞こえてくる声に、馨も心配そうにしている。

リョウコには小学校五年生を頭に、二年生、幼稚園の年長組の三人の子どもがいて、そのいずれもが男の子である。リョウコはかねてから娘がほしかったそうで、最初の男の子が生まれたあと、次こそは……と思っていたらまた男の子。三人目を産むかどうかずいぶん悩んだらしいが、さすがに三人続けて男の子ということはないだろう、と考えていたらまたしても男の子……

子どもができて嬉しいのは間違いないが、三人産んで三人ともが男の子っていったいどういうこと!? 今度こそ女の子だと思ったのに! と医者にくってかかったというのはこの界隈《かいわい》では有名な話。そのときの医者の答えも合わせて、語りぐさとなっている。

『先生ってば、何人産んでも男か女かの確率は二分の一です、って。そりゃそうだけど、もうちょっと別な言い方はないの？ って思ったわよ』

リョウコはそう言って大笑いしたそうだ。美音はその話をカナコから聞いた。

カナコはウメの息子ソウタの妻で、ふたりの男の子の母親だ。リョウコとカナコは『できれば娘も欲しかった連盟』を結成して、けっこう仲良くしているらしい。

話を聞いたあと、美音は、笑い話にしてしまっているけれど内心複雑な気分なのでは……と心配した。だが、その心配はカナコに払拭された。

『大丈夫よ。リョウコさんは、女の子がほしいほしいって言ってても、男の子が嫌いってわけじゃないもの。男の子だってわかったときはさすがに落ち込んだみたいだけど、それはそのときだけのこと。あとはちゃんとかわいがって育ててるわ。リョウコさんは、現実を肯定して楽しむ術《すべ》を心得ている人よ』

そんなカナコの話に、美音もなるほどなあ……と頷いた。

その後も、リョウコは肝っ玉母さんそのままに、三人の男の子を引き連れて闊《かっ》歩《ぽ》していたし、子どもたちも元気かつまっすぐに育っていた。だからこそ、あの一家に心配なんて無用だと思っていたのだ。

それがここに来て様子が変わった。連日叱り付ける声が聞こえてくるし、声もリョウコにしては感情的だ。なにかあったのだろうか、と美音は心配していたのである。

確かに子どもたちは反抗期、そうでなくても元気な息子を三人も抱えて、いらいらすることも多いだろう。年の瀬で仕事が忙しく、そのストレスもあるのかもしれない。

だが、そんな条件を考慮しても、このところのリョウコは度を越えている。あまりにも頭ごなしで、叱られている子どもたちが気の毒になるほどなのだ。

とはいえ、リョウコは良識的な母親だ。三人の子どもがひとつずつ問題を起こしただけでも、親は三つの問題に向き合う羽目になる。きっと今はそんなタイミング、一時的な混乱で、時が解決してくれるに違いない。そもそもよその家庭のことだし……

美音はそう考え、リョウコ一家について余計な心配、口出しをしないように心がけていた。

十二月に入ってすぐの月曜日、『ぼったくり』のカウンターにはシンゾウとウメ、そしてヤマちゃんとケンさんが並んでいた。

四人は早速出された本日の突き出しをつまみながら、四方山話《よもやま》に花を咲かせている。

目下《もっか》の話題は、たらこと明太子。なぜなら、本日の突き出しが、明太子とニラのおひたしだったからだ。この料理は茹でたニラを明太子で和《あ》えただけというシンプルなものだが、いつものように焼酎《しょうちゅう》の梅割りを呑んでいたウメが、これはたらこでもいけるんじゃないかと言い出したことから始まった。

明太子とたらこは似たり寄ったり。どちらもスケソウダラの卵を使うところは同じだし、唐辛子を使っているかいないかの違いしかない。

ニラと和えるにしても、ピリ辛風味が好きな人は明太子を、辛いのが苦手な人はたらこを使えばいいはずだ。そもそも、どうしても明太子、あるいはたらこでなければ持ち味を殺してしまう料理は存在するのか、というのがウメの疑問だった。

「あたしはあんまりピリ辛は好きじゃないから、支障ないなら全部たらこにしてもらいたいぐらいだよ」

「そう言われてみると、明太子でなくちゃ、って料理はない気が……」

ヤマちゃんが首を傾げながら答え始めたとき、『ぼったくり』の引き戸が音を立てて開いた。

あまりの勢いに驚いて目をやると、飛び込んできたのは『八百源』店主で町内会長を務めるヒロシだった。

「美音坊、大変だ！　アパートのマモルが行方不明だ！」

「マモルくん？　確か今日は塾の日じゃなかった？」

慌てきっているヒロシとは対照的に、馨は平然と応《こた》えた。馨は子ども好きで、町内の子ども事情に詳しい。近隣の子どもの年齢、性格、どんな習いごとをしているかまで把握しているのだ。

ウメが驚いたように言う。

「塾？　あの子そんなに出来が悪かったのかい？」

続いてウメは、賢そうに見えるけどねえ……とため息をついた。

だが、美音に言わせるとそれは認識違いというものだ。今時の塾は、勉強が苦手な子ばかりではなく、得意な子も行く。マモルは典型的な後者の例で、学校の成績が飛び抜けて優秀だからこそ、中学受験を目指して塾に通っているのだ。

カナコがリョウコから聞いた話では、マモルの父、ヒサシは私立の中高一貫校を経て大学に進んだそうだ。

彼は中高一貫校での生活にとても満足していて、息子たちにもいろいろなエピソードを語り聞かせているらしい。マモルは、そんな父親の影響で中学受験を志《こころざ》したのかもしれない。

とはいえ、この町には中学受験のための塾などない。塾に通うためには、バスと電車を乗り継いで隣町まで行く必要がある。

美音も馨も、『お受験』の類《たぐい》とは無縁。そのため塾に、しかもバスや電車を利用して通うことなど考えたこともなかった。だから、時間に遅れそうになって、バス停まで猛ダッシュしていくマモルを見るにつけ、大変だな……と思ってしまう。

けれど、そんなときでもマモルの表情はとても明るい。むしろ、朝、学校に行くときよりも生き生きとして見えるぐらいだから、他人が心配することではないのだろう。

ともあれ、塾用のリュックを背負ったマモルに会うたびに、美音は『行ってらっしゃい、気をつけてね！』と声をかけてきた。笑顔で手を振る美音に、マモルはちょっと恥ずかしそうな顔で、それでも礼儀正しく頭を下げるのだ。

実は今日の夕方も、美音はマモルに声をかけた。背中に塾のロゴが入ったリュックを背負っていたし、そのリュックには電車とバスに使える電子マネーのカードがぶら下がっていたから、塾に向かう途中だったに違いない。ヒロシがこんなに騒いでいる理由がわからなかった。

「マモルくんの塾って、もうちょっと遅くまであるんじゃないですか？　いつも帰ってくるのは九時過ぎだったと思いますけど……」

だが、ヒロシは首を横に振った。

「塾から『マモルくんが来てませんが、具合でも悪いんでしょうか？』って連絡が来たらしい。それで、リョウコさんが泡食って捜してるってわけだ。昔は男坊主なんて好きにさせとけ、ってなもんだったが、今時は……」

犯罪に巻き込まれるのは女の子だけとは限らねえし、とヒロシは心配そうに言う。

そんなヒロシを宥めるように、ヤマちゃんが言った。

「案外、ちょっとサボりたくなっただけなんじゃないの?」

そんなはずは……と美音が否定する前に、馨が叫ぶように言った。

「マモルくんはそんなことしないよ!」

なんせマモルは塾が大好きだ。優秀な小学生にはよくあることらしいが、彼は学校では少々浮いた存在だと聞いている。

精神年齢の高さと良識が邪魔をして、まわりの同級生たちのように手放しではしゃぐことができない。そもそも話が合わないし、時折、羽目を外しすぎるクラスメイトを注意することもある。おかげで、いわゆる『ノリの悪い奴』と見られ、嫌われるとまではいかないまでも、なんとなく遠巻きにされているそうだ。一目置かれていると言えば聞こえはいいが、やはり寂しいのではないかと心配になる。ただ、マモルはまったく気にしていないし、むしろ好んでそうしているらしい。

『こんな言い方はよくないけど、マモルには塾の友だちのほうが合ってるみたい。学校のことを話すときより、塾の話をするときのほうが数倍楽しそうなのよ。親から見てもちょっと大人すぎると思うぐらいだし、塾にはそんな感じの子がたくさんいて、マモルは楽なんでしょうね』

いつだったかの公園掃除のとき、リョウコがカナコにそんなことを話していた。横で聞いていた美音は、そんなものかと思ったものだ。

その後、美音は馨にもその話を伝えた。そのとき馨は、学校以外に居場所があるならそれでいいんじゃない？　なんて言っていた。だからこそ、マモルが塾をサボるなんてあり得ない、と主張するのだ。もちろん、美音も同感だった。

「体調でも悪かったのかしら……」

「あいつは風邪をひいても塾に行くって騒ぐ奴だぞ。みんなに移したら迷惑だから家で寝てろってリョウコさんが押し留《とど》めたくらいだそうだ」

そう言ったのはシンゾウだ。

彼は、去年の冬、子ども用の総合感冒薬《かんぼうやく》を買いに来たリョウコからその話を聞いたらしい。

「今時の子どもはそんなに塾が好きなのかい？　ソウタが子どもだったころは学校以外の勉強なんてまっぴらって子ばっかりだったけどねえ……」

ウメが驚いたように言った。

一方、ケンさんとヤマちゃんの意見は違った。彼らはさすがに子育て真っ最中の親というだけあって、今時の塾事情にも詳しい。

「今の学校は、学校で習うことだけじゃ満足できないって子どもと、学校の勉強すらおぼつかないって子どもで二極化してるみたいだね。子どもって言うより、親の意識の二極化って言うべきかもしれないけど」

ケンさんの意見に、ヤマちゃんも大きく頷く。

「うん。うちの子の学校も、塾に通ってばりばり勉強しまくる奴と、学校の宿題すらやってこない奴にぱったり分かれてるみたいだ」

「え——……じゃあ、その真ん中あたりっていないの？　そんな学校、なんか変じゃない？」

馨はしきりに首を傾げる。確かに、ものすごく勉強が好きでも嫌いでもないという、いわゆる『普通の生徒』というのがいてもおかしくない。というか、いなければおかしいだろう。

ヤマちゃんはしばらく考えたあと、はっとしたように答えた。

「あ、そういう子は、小学校から私立とかに行っちゃったんじゃないかな」

「なるほど……じゃあ、ヤマちゃんが住んでるのは、お坊ちゃんやお嬢様が多い地域なんだな。さすがはエリート社員」

「やめろよケンさん。俺たちがドングリの背比べだってわかってるくせに」

「ドングリはドングリでも、最上級のドングリかもしれないじゃないか。まあ、とにかく俺たち、仕事ぶりはともかく、教育環境はちょっと違うみたいだな」

うちの近くには私立小学校なんてない、とケンさんは嘆いた。

近くに私立学校があれば、小学校入学時に私立という選択肢が生まれる。将来を見据えて、あるいは環境や適性を考えて、私立小学校への入学を選ぶ家庭も出てくるかもしれない。

東京には私立小学校がたくさんあるし、近くになくても……と考えるかもしれないが、幼稚園や保育園を終えたばかりの子どもに電車通学させることをためらう親は多いはずだ。歩いて通える範囲に私立小学校がある場合とは事情が異なるだろう。

「特に、うちの近所にある私立小学校は、ものすごい『お受験』校ってわけでもない。こう言ったらなんだが、普通の学力があって学費さえ用意できれば大丈夫、って感じなんだ。しかも制服や鞄がちょっと洒落《しゃれ》てる。あの制服姿を見て、あそこに通いたい、って言い出す子どももいるんじゃないかな」

毎日目にするというのは大きい。近隣に私立小学校があれば、入学を視野に入れる家庭は増えるだろう、というのがヤマちゃんの意見だった。

「そうだろうなあ……。うちの学区はわりと平和だけど、もしも荒れてる学区で私立小学校って選択肢があったら考えたかもしれない。うちの子は成績も普通、もしかしたら普通よりちょっと下ぐらいって感じだ。小学校から私立に入れてそのまま中学、高校って進めるなら安心だよな」

「まあ、うちのほうも学区の小学校がすごく荒れてるってわけでもないけどな」

「だったら余計いいじゃないか」

ケンさんはひどく羨《うらや》ましそうな顔をする。美音にはわからないが、私立を選ばざるを得ないのではなく、ただ選択肢のひとつにある、というのは恵まれた環境なのだろう。

「それにしたって、学校から帰ってすぐ塾って、子どもがかわいそうじゃないのかい？　子どもは外で元気に遊ばせてやらないと……」

いかにもウメらしい発言が飛び出した。

子どもは外で元気に遊ぶ——おそらくそれは、ウメたちの世代の共通の認識に違いない。けれど、ヤマちゃんは首を横に振る。

「ウメさん、それは昔の感覚なんだよ。今時、外で元気に遊ぶのはすごく難しい。一、二年生ならまだしも、高学年になったら狭いところで鬼ごっこやかくれんぼばっかりしてるわけにもいかない。特に男坊主は、サッカーとか野球とかのボール遊びをしたがるけど、今ってボールで遊べる場所自体が……」

「悪いが、そういうのは後回しにしてくれ！」

ヒロシが大声で叫んだ。その声で美音ははっと我に返る。

ついいつもの調子で話を続けていたが、今はそれどころではない。マモルの行方を捜さなければならなかった。ケンさんとヤマちゃんが慌てて謝る。

「ごめん。そのマモルくんって子を捜してるんだったな！」

「で、ヒロシ、どんな具合になってんだ？」

わかってることを教えてくれ、とシンゾウに言われ、ヒロシは状況を説明し始めた。

「まず、塾からリョウコさんに、マモルが来てないって連絡があった。リョウコさんは具合でも悪くなって引き返す途中だろうかって考えて、しばらく待ってみたそうだが帰ってこない。日はとっぷり暮れるし、六時になっても七時になっても連絡はない。さすがに心配になって、俺のところに相談に来た。で、町内会の役員で捜し始めたところだ」

「役員って三人しかいねえじゃねえか。それじゃあだめだ、もっと大勢じゃねえと」

「だから、俺もそう思ってシンさんとこに行ったんだ。そしたら『ぼったくり』にいるはずだって言われて……」

せっかくのんびりしているのに悪いとは思ったが事情が事情だ、力を貸してくれ、とヒロシはシンゾウに向かって頭を下げた。続いて美音にも……

「美音坊もすまねえ。商売の邪魔して悪いが、ちょいと協力してくれ」

「もちろんです。私ができることならなんでも」

商売と行方不明の子ども捜し、どっちが大切なんて言うまでもなかった。

物騒な世の中だ。マモルに万が一のことがあったら、悔やんでも悔やみきれない。

それまで酒を呑んでいたシンゾウのために、美音は大急ぎで煎茶を淹《い》れた。シンゾウのことだから、多少の酒で影響を受けたりはしないだろうけれど、念には念を入れてと考えてのことだ。

濃く熱い煎茶をごくりと呑み、シンゾウはヒロシに訊《たず》ねる。

「警察には連絡したのか？」

「今、リョウコさんが交番に行ってる」

どこかで遊んでいて帰宅が遅れている可能性もある。だがリョウコは、万が一を考えて最寄りの交番に知らせに行ったという。状況を話し、捜索願を出すかどうかを相談するつもりらしい。

この町の交番には長井《ながい》さんと田所《たどころ》さんという巡査が交代で勤務しているが、どちらも町の人をよく知っているし、親身になってくれることだろう。

ヒロシは、警察関係は保護者であるリョウコに任せるしかないが、捜すこと自体は自分たちでもできると考えて『ぼったくり』にやってきたそうだ。

「事情はわかった。で、どこを捜した？」

「一応、商店街から駅前までは。でも、見つからなかった」

「案外、お友だちの家にいるとか……」

馨がそんなことを言った。

子どもの所在がわからなくなったとき、実は友だちの家で遊んでいた、というのはよく聞く話だ。

いくら大人びているといっても小学五年生の子どもである。行きそうなところといったら、せいぜい駅前の大きな本屋とか『ショッピングプラザ下町』、そうでなければ友だちの家ぐらいだろう。

商店街から駅前までの間で見つからなかったのなら、友だちの家で遊んでいるとしか思えない、と馨は言うのだ。

けれど、馨の意見は、美音にはちょっと疑問だった。マモルに家を行き来するような友だちがいるのだろうか。しかも、塾の友だちならまだしも、家の近くに……

案の定、馨の意見はヒロシにあっさり否定された。

「リョウコさん曰《いわ》く、学校には、お互いの家で遊ぶほど仲のいい友だちはいないし、塾の友だちの家なんて知らないはずだって」

「そうか……塾って、あっちゃこっちから来るんだった……」

地元密着型の塾もあるだろうけれど、マモルが通っているのは中学受験対策用の大手塾で、生徒の大半がバスや電車に乗ってやってくる。

友だちができたとしても、ほとんどの場合、付き合いは塾の中に限られる。もともと小学校が同じで近所に住んでいるという場合を除いて、お互いの家なんて知らない。特にマモルの小学校から、その塾に通っている生徒は少なく、同学年にはひとりもいないとのことだった。

「そこらにはいねえ。友だちの家の線もねえ、ってことで困ってんだ。シンさんたち、なんか思い当たることはねえか？」

『ぼったくり』に来る前にマモルを見なかったか、とヒロシは訊《たず》ねたが、今日マモルを見かけたのは美音だけ。しかもそれはちょうどマモルが塾に向かうところで、その時点ではなんら変わった様子は見られなかった。

手がかりなしか……とため息が飛び交う中、いきなり馨が大声を出した。

「あ、そうだ！　マモルくん、携帯電話は持ってないの？」

「馨ちゃん、相手は小学生だよ、携帯なんて……」

ウメは首を左右に振ったが、シンゾウにあっさり否定される。

「今時の小学生は侮《あなど》れねえぞ。特にマモルはバスと電車を乗り継いで塾に通ってるんだ。携帯電話ぐらい持ってるだろう」

　そう言いつつ、シンゾウは同意を求めるようにケンさんとヤマちゃんを見た。おそらく、ふたりが子どもを持つ親だからだろう。口を開いたのはケンさんだ。

「実はうちも小学校のころから持たせてる。本人が欲しがったのもあるが、親としても心配でさ。うちのは習いごとをしてたし、送り迎えの時間の連絡とか、何かあったらすぐに連絡が取れるように。そう頻繁に使うわけでもなかったけど、あれは一種のお守りだな」

　馨は、我が意を得たり、といわんばかりである。

「だよねー。で、携帯にはかけた？」

「もちろんかけた。でも応答なし」

　その点も既に確認してあったらしいヒロシが答えた。

「そいつは難儀だな……。ＧＰＳは付いてないのか？」

「それがさ、シンさん、付いちゃいるにはいるが、設定してなかったんだとさ」

マモルは塾通いを始めたときから携帯電話を持っていた。最初は子ども携帯だったものを、つい最近スマートフォンに変えた。忙しさに紛れ、GPSの設定をしないままにしていたが、こんなことならさっさとやっておけばよかった、とリョウコは後悔しきりだそうだ。

「じゃあ、あとはもう人海戦術しかありませんね……」

美音はそう言ったあと、ヤマちゃんとケンさんに詫びた。

「ごめんなさい。うちの店、町内で何かがあったときの連絡所になっているんです。騒がしくなるから、なんならここで……」

河岸《かし》を変えてもらってもいい、お勘定はなしにしますから……と口にする美音に、ふたりは顔を見合わせる。仲良し二人組は数秒見つめ合ったあと、こっくり頷く。ただそれは、退店するということではなかった。

「俺たちも子を持つ親だ。他人事《ひとごと》とは思えない。気になるからしばらくここにいさせてもらうよ。俺たちで役に立ちそうなことがあったら、なんでも言ってくれ」

そしてふたりは、カウンターの一番端に席を移し、これから詰めかけてくるだろう人たちのために場所を空けた。

「ありがとよ、おふたりさん。じゃあ、美音坊、こいつをひとつ……」

ヤマちゃんとケンさんに礼を言ったヒロシは、ポケットから一枚の紙を取り出した。何かと思えば、『マモル捜索本部』という文字が……

「これ、表に貼らせてもらうぜ」

「ヒロシさん、用意がよすぎ……」

馨は、さすが町内会長……と感心しながら引き戸から出ていき、手早く紙を貼り付けた。

一方、シンゾウはあちこちを見回しながら美音に声をかける。

「美音坊、どこかに町内地図を置いてねえか？」

「ありますよ。でも小さいから拡大したほうがいいかも……」

「それ、俺が行くよ」

ケンさんが立ち上がり、美音がレジの下からごそごそ出した町内地図を受け取る。彼は近くにあるコンビニの場所を確認し、十分足らずで拡大してきてくれた。

さすが会社員、コピー機の扱いも慣れたものだなあ、と感心している間に、シンゾウは小上がりに上がった。

「ヒロシ、今動けそうなのは何人いるんだ？」

「俺とかみさん、『魚辰』夫婦、肉屋のヨシノリは出かけてるらしいが、タマヨさんと若夫婦は大丈夫。あとは豆腐屋とクリーニング屋……」

「いや、イツジさん夫婦やタミさんは年が年だし、外したほうがいいな」

「そうか……二重遭難されても困るな」

「遭難はしねえだろうが、どっちも朝が早い仕事だ。疲れが残っても気の毒だ」

「了解。あ、でも豆腐屋のシュンなら大丈夫だろ」

「嫁さんが落ち着いてるようならな」

シュンの妻、マリはつい最近まで重いつわりで難儀していた。ようやく落ち着いてきたとはいえ、もしもどこかに不調があるなら、家を空けないほうがいい、とシンゾウは言う。

「とりあえず年寄りと、具合がよくない家族がいるところは勘弁してやっておくれよ。その分、あたしが頑張るからさ」

ウメのそんな発言に、ヒロシはびっくり仰天である。

「いやいや、ウメさん、ウメさんはどっちかって言うと……」

「あ、ヒロシさん、ミヤマさんは？」

ヒロシが『年寄りのほう』という言葉を口にする前に、美音は慌てて口を挟んだ。年寄り扱いされることを嫌うウメの気持ちを考えてのことだ。

「お、そうだな、文房具屋なら子どもの顔もよく知ってるし、ついでに葛西《かさい》さんにも頼んでみよう」

閉店してしまったとはいえ、葛西さんはつい最近まで書店を経営していた。マモルは本が大好きだったから、歩いて行ける『葛西書店』に頻繁に出入りしていたはずだ。おそらく、葛西さんもマモルのことを覚えているに違いない。

「了解。あとはマサさんやアパートの面々……それで人数的には大丈夫かな……」

拡大された地図を広げ、シンゾウはあちこちに目を走らせる。

「コンビニは三軒か……まあこれは、一言頼んでおけば、それらしい子どもが行ったら連絡をくれるだろう。駅前の本屋にはいなかったってことだが、ひとりぐらい張り付けといたほうがいいな。今はいなかったにしても、時間が経ったら寄るかもしれないし。『ショッピングプラザ下町』にも人を置いときたいが、なんせあそこは広いからなあ……」

ぶつぶつ呟きながら、シンゾウは次々に人の割り振りを決めていく。

もしもマモルが自分の意志でいなくなって、友だちの家に入り込んだのでなければ、捜し回るよりも網を張った方が確実だ、というのがシンゾウの見解である。こんな時間に小学生がひとりで、しかもずっと同じ場所にいたら目立つ。マモルは頭の良い子どもだから、それぐらい予想して、一定の時間ごとに移動しているだろう、と……

「そうか……闇雲に捜し回っても無駄ってことか……」

ヒロシが、がっくり首《こうべ》を垂れた。シンゾウは、そんなヒロシを慰《なぐさ》めるように言う。

「無駄じゃねえよ。いなくなったらまず手当たり次第に捜す、ってのが正解だ。だが、そのあとはちょいと頭を使わねえとな」

シンゾウの落ち着いた対応に、美音は、この人は本当に頼りになる……と感心してしまう。だが、次の瞬間、こんなことをしている場合ではないと気付いた。『ぼったくり』は営業中だ。ヤマちゃんやケンさんは事情をわかってくれるにしても、こんなことになっているなんて予想もせずに、これからやってくる客だっているだろう。

馨はまだしも、美音が店を離れるわけにはいかない。シンゾウもヒロシもそんなことは期待していないだろう。そうなると、今、美音にできることはひとつだけだった。

——ご飯はどれぐらいあったかしら……

確か今日はたくさん炊いたはず、と思いながら美音は炊飯ジャーを開けた。ヒロシに声をかけられた人たちは、とりあえず『ぼったくり』にやってくるはずだ。

この商店街は『ぼったくり』を除いて、午後六時から八時ぐらいの間に閉店する。店を閉めたばかりで食事をしていない人もいるだろう。そのまま走り回らせるのはあまりにも気の毒だ。マモルを捜しに行く前に、せめて小腹を満たしてもらいたかった。

思ったとおり、炊飯ジャーの中にはご飯がたっぷりあった。

今日はヤマちゃんとケンさんが口開《くちあ》けの客で、その後すぐにシンゾウとウメがやってきた。とはいえ、みんながゆっくり呑んでいたため、まだ誰も『締め』には至っていない。おかげで、炊いたご飯がそっくりそのまま残っていたのである。

「馨、おにぎりをお願い」

「了解、一口サイズでいいんだよね？」

美音の返事を待つまでもなく、馨は炊飯ジャーのご飯をボウルに移し始めた。

一方、美音は流しの下にしまってあった大鍋を取り出した。六分目まで水を入れ、コンロにかける。外は刻一刻と冷え込みが増している。温かい汁物はきっと喜ばれることだろう。

——具はなんにしよう……根菜《こんさい》は時間がかかるし……あ、そうだ……

そして美音は野菜置き場から白菜を取り出し、猛スピードで刻み始めた。

しばらくして、『ぼったくり』に町内の人々が集まり始めた。シンゾウの割り振りに従って、ヒロシが各人の担当場所を伝える。そこに飛び込んできたのは、リョウコだった。

「美音ちゃん、ごめんなさい！」

リョウコはまず美音に謝った。営業中の『ぼったくり』を連絡所にしてしまったことを気にしているのだろう。続いて身体をくるりと回し、集まっている人々に深々と頭を下げる。

「本当に申し訳ありません、うちの馬鹿息子がご迷惑をおかけして……」

リョウコは、心配と焦りと怒りをごちゃ混ぜにしたような顔で謝り続ける。町内の人々はもちろん、美音もリョウコを責める気持ちなど少しもなかった。

「いいのよ、リョウコさん。緊急で相談しなきゃならないようなことが起こったときは、うちに集まってもらうって決まりじゃないですか」

地震や台風などで、揃って避難しなければならなくなった場合は公園に集合する。避難以外の急な相談事ができた場合は『ぼったくり』で——

それはこの町に『ぼったくり』を開いてすぐのころ、父からの申し出で決められたことらしい。

この町内会は集会所を持っていない。前もってわかっていれば公民館などの施設を借りることもできるが、緊急の場合は無理だ。

八百屋や肉屋、魚屋といった物を売る店は、店頭に商品がずらりと並んでいるから人が集まる余地がない。かといって居住スペースを使おうとしても、ほとんどが店の二階に住んでいるこの商店街では、出入りが不自由すぎる。その点『ぼったくり』は居酒屋だから、店頭に商品が溢れているわけではないし、出入りも簡単。かなりの人数が入れて、コップや湯飲みもたくさんあるからお茶ぐらいならすぐに出せる。だから、相談事があるときはうちを使ってくれ、と父は言ったそうだ。

両親は、縁もゆかりもない土地にいきなりやってきて店を開いた。客が来てくれるかどうかと同じぐらい、商店街に馴染《なじ》めるかが心配だったに違いない。

そんな両親を、町の人たちは温かく迎えてくれた。義理堅い父のことだから、せめてもの恩返し、自分たちが役に立てることがあるなら……と考えたのだろう。

以来、『ぼったくり』は緊急時の寄り合い所になった。とはいっても、実際に使われたことはなかった。もしかしたら、美音の知らないところで使われていたのかもしれないけれど……

「大丈夫だ、リョウコさん。こう言っちゃあなんだが、この店の客は、半分ぐらいは町内の者だし、外から来てるのもめっぽう物わかりのいい奴ばっかりだ」

さっきだって、コンビニに走って地図を拡大してきてくれたんだぜ、とシンゾウは誇らしげに、ケンさんとヤマちゃんを紹介した。

「ありがとうございます！」

また米つきバッタのように頭を下げ始めたリョウコに、ヤマちゃんが困ったように応《こた》えた。

「そんなのなんでもありません。むしろ、部外者が居座ってすみません」

「そりゃあ、ヤマちゃんたちだって気になって帰れねえよな。すまねえが、いわゆる乗りかかった船、もうちょっと助けてくれ」

「もちろんです」

ケンさんとヤマちゃんが揃って頷いた。それを確認し、シンゾウはリョウコに訊《たず》ねる。

「それで、リョウコさん、携帯は相変わらず？」

リョウコはスマホの画面を確認し、首を左右に振った。

「連絡はありません。こちらからも何度もかけてみたんですが、電源が入っていないみたいです」

「充電切れってことはねえのか？」

「出かける前に確認しましたから、充電は切れてないはず。たぶん、自分で切ってるんです。あの子、いったいなにを考えてるのかしら……」

「迷子ってことは考えられないよね。だとすると、もしかしてマモルくん、家出しちゃったの？」

「馨！」

反射的に窘《たしな》めたものの、美音も密かに馨と同じ心配をしていた。マモルは賢い子どもだ。通い慣れた場所で迷子になるとは思えない。唯一考えられるのは、電車に乗り間違えたということだが、その可能性は極めて低い。なぜなら、最寄り駅から出る電車は、方向さえ間違わなければ、大半がマモルの塾がある駅を通るからだ。

大好きなはずの塾に行っていない、携帯電話の電源も入っていない、となれば意図的としか考えられなかった。そしてそう考えてしまう根拠のひとつは、このところのリョウコの様子だ。

リョウコのそれまでとは違った叱り具合は、美音姉妹だけではなく、町内でもけっこう噂になっている。あんなに毎日、頭ごなしに叱られたら家出もしたくなる、と考えても無理はない。

おそらく、リョウコもみんなの疑いを察しているのだろう。

「家出……かもしれません。私、最近、あの子を叱ってばかりだったから……」

けれど、俯《うつむ》いてそう言った姿は、反省するというよりも、できればそうであってほしいと願っているようにも見えた。より恐ろしい可能性を否定するために……

　自主的な家出のほうが、事故や犯罪に巻き込まれているよりも遥かにマシだ。少なくとも、そこに差し迫った命の危機はない。友だち、そしてその家族を巻き込んで、誰かの家に籠城してくれているほうがいいと思う気持ちが見え隠れしていた。

「リョウコさん、警察から連絡は？」

「子どもの事故があったら連絡してくれることになってるんですが、今のところはなにも……」

「じゃあ事故には遭《あ》ってないってことだな」

　シンゾウはあえて事故のほうを強調して、なんとかリョウコを安心させようとする。それなのに、またしても余計な質問をしたのは馨だった。

「事故じゃないとすれば……誘拐？」

「なんてこと言うの！」

　どうしてこの子は、こんなに配慮のない質問をするのだろう、と美音は頭を抱えてしまう。リョウコがどんな気持ちになるか、少しは考えてほしい。不慮の事故や誘拐なんて、一番聞きたくない言葉に違いない。美音は、ただでさえ、このところ気持ちが落ち着いていないように見えるリョウコを、さらに動揺させるのが恐かった。

ところが、リョウコが返してきたのは、予想外に冷静な言葉だった。

「親の私が言うのもなんですが、あの子はそんなに迂闊《うかつ》な子どもじゃありません。うっかり誰かについていくようなことはないと思います。無理やり攫《さら》われたのなら別ですが、それにしたってマモルは五年生にしては身体も大きいほうですし、横抱きで攫っていくのは難しいでしょう。人目にもつきますし」

リョウコは、マモルがバスに乗り込むところまでは確認したそうだ。仕事から帰ってきたリョウコは、バスから降りたところで反対側のバス停にいるマモルを見つけた。合図をする間もなくバスがやってきて、マモルはそれに乗っていったという。

バスの中で誘拐はできないし、マモルが降りるのは駅前の繁華街である。人目も多いし、改札口は目と鼻の先、バス停から改札口の間で誘拐されたとは考えにくい。となると、やはりマモルは、自分の意志でいなくなったのでしょう、とリョウコは肩を落とした。

「そんなに毎日叱ってたっていうのなら、なんか理由があるんだろ？」

ウメが、ほうじ茶が入った湯飲みを渡しながら、リョウコに声をかけた。

「よかったら、ちょいと話してみないかい？」

とりあえずお茶をお上がり、とウメに言われ、リョウコはほうじ茶を一口啜《すす》った。

「実は……夫が転勤になりそうなんです」

なりそうというよりもほぼ確定なのだ、とリョウコは本当に辛そうに言う。

すでに受験準備を始めたマモルのこと、下の子たちの教育環境、あれこれ考えたら、やっぱり今は引っ越したくない。かといって、ここにひとりで残って子ども三人を育てるのは不安、夫をひとりで暮らさせるのも不安。

ありとあらゆることが不安の原因となり、頭の中はパニック状態なのに、子どもたちはいつもどおりの大騒ぎを繰り広げる。兄弟喧嘩など日常茶飯事《さはんじ》だったから、行きすぎだと思うときは叱るにしても、たいていのことは笑って見ていられた。それなのに今は、すべてが腹立たしく、ちょっとしたことで声を荒らげてしまう。しかも、叱るではなく怒る、いや正確には当たり散らしているのだと自分でもわかっていながら、改めることもできない。

夫は仕事に忙殺され、帰宅は連日深夜に及ぶ。お互いに疲れていることは百も承知だが、今後のことを相談しないわけにもいかず、無理やり話をしてみても意見は衝突ばかり……。とにかく、家の中の雰囲気が、今までとはがらりと変わってしまったのだそうだ。

おそらくマモルも、家の中の空気が変わったことを察しているだろう。これでは落ち着いて学習できるわけがない。それなのにリョウコは、せっかく順調に伸びていた成績が下がってしまったらどうしようと思うあまり、勉強しろ、勉強しろとうるさく言い立ててしまったそうだ。その上、騒がしい兄弟の世話まで押しつけようとした、とリョウコはしきりに自分を責めた。

「あの子はちゃんと自分のペースでやってたんだと思います。実際には成績が下がったわけでもなんでもないんですから。これじゃあ家出したくもなりますよね……」

リョウコの話を聞いた町内会の面々は、ため息をつくばかりだった。

母親がそんなふうに子どもに感情をぶつけるのはよくない。けれど、母親だって人間なのだ。気持ちが揺れることだってあるだろう。パートナーである夫とまともに相談もできない状態ならばことさらである。

「マモルくんは大人だから、つい頼りたくなっちゃうよね……」

慰《なぐさ》めるような馨の言葉に、リョウコは大きく首を左右に振った。

「どんなに大人びていても、あの子はまだ小学生なんです。それなのに私はマモルに甘えて……」

「だからといって、マモルくんはそんなに簡単に家出なんてする子じゃないと思いますよ」

いたたまれなくなって口にした美音の台詞《せりふ》に、ヒロシは否定的だった。

「でもよー、毎日毎日そんな調子だったら、やっぱりちょっとは嫌気が差すかもしれねえぞ。あーもういい、どっか行っちまおう！　って……」

「待て待て、マモルはそんな衝動的な子じゃないだろう。仮に家出をするにしても、あの子なら色々準備とかしそうなもんだ」

そう言うとシンゾウは、確かめるようにリョウコを見た。

「なにか持ち出したようなあとはあるのかい？　金とか食い物とか……」

「いいえ。机の中も調べてみましたが、貯めていたお年玉も置いたままでしたし、お気に入りの本やゲーム機も残っています」

「じゃあそれは家出じゃないな。マモルがあのゲーム機を持たずにどこか行くなんてあり得ない。ソフトだってかなり持ってただろ？」

「ええ、お小遣いやお年玉の大半はソフトに消えちゃって、何度か注意はしたんですが……」

「親にうるさくねだるのは困りものだが、小遣いの範囲ならかまやしないだろ。で、その大事なゲーム機や本が残ってるなら、家出の線はねえだろ」

シンゾウの言葉に、リョウコはほっとしたようだった。だが、それも一瞬で、すぐに前よりもっと不安そうな顔になる。自《みずか》らの意志でなかったとすれば、より状況は難しいものだと気付いたからだろう。

「だとしたら、あの子はやっぱり何かの事件に……！」

今度こそ、誰もが『誘拐』という言葉を頭に思い浮かべた。もう一度交番に……と、ヒロシが動こうとしたとき、リョウコの携帯電話がけたたましく鳴り出した。

表示された名前を見て慌てて受話キーを押し、リョウコが叫ぶ。

「マモル！　あんた、いったいどこにいるの！」

悲鳴に近い声から始まり、しばらく問答が続いた。

聞こえるのはリョウコの声だけだったが、時折、『看護師さん』とか『手術』という言葉がまじる。

どうやら、マモルがいるのは病院らしい。具合が悪いのだろうか、まさか、どこかで倒れて担ぎ込まれたのでは……と不安が募る。

「それで、もうその子は大丈夫なのね？　じゃあ、そこにいなさい。すぐに迎えに行くから」

マモルとの通話を終えたリョウコは、ふうーっと大きく息をついた。最後の言葉から察するに、どうやらマモル自身の不調ではなさそうだ。

気持ちを落ち着けようとしていたのだろう。リョウコはしばらく黙って目を閉じたあと、顔を上げ、一同に深々と頭を下げた。

「マモル、無事でした」

「どこにいたんだい？」

シンゾウの問いに、リョウコは再び、お騒がせして申し訳ありませんでした、と謝り、事情を説明し始めた。

「マモルがいるのは、駅の向こうの総合病院らしいです」

駅に向かうバスの中で、隣に座っていた男の子がなんだかとても辛そうにしていた。マモルよりも一学年下の子だったが、最近マモルと同じ塾に通い始め、時々バスで顔を合わせていたらしい。顔はよく知っているし、何度か言葉を交わしたこともあったため、心配になったマモルが声をかけてみたところ、お腹が痛いという。

トイレにでも行きたいのかと思ったけれど、本人はそうじゃないと言うし、顔色はどんどん青ざめていく。どこが痛むのか確認してみたところ、この辺、と押さえた場所に覚えがあった。

病院に行ったほうがいい、とりあえず家の人に連絡したら？　と言ってみたが本人は唸《うな》るばかりだし、代わりにその子の携帯からお母さんの番号にかけてみたが誰も出ない。お父さんも試してみたがやっぱり同じで、連絡は取れなかった。

そうこうしているうちにバスが駅に到着し、マモルは男の子を連れてバスを降りた。

男の子はカツヤという名前で、痛みはどんどん増してきている様子。放っていくわけにもいかず、困り果てたマモルは、彼のお母さんに電話をかけ続けた。

何度目かの電話で、やっと繋がって、カツヤの様子を知らせることができた。ところが、今度はカツヤのお母さんから、すぐに自分も向かうが、申し訳ないけれど息子を駅前にある総合病院につれていってくれないかと頼まれてしまった。

断ることもできず、マモルは痛がっているカツヤを励ましながら病院の門をくぐった、とのことだった。

「なんだいそりゃ。いくら顔見知りでも、子どもに頼むことじゃないだろ」

話を聞いたウメは怒り心頭だった。だが、駅前の総合病院と言えば、バスの停留所からほんの数分の距離だ。おそらく母親は電話のやりとりから、マモルがしっかりした子だと察し、自分の到着を待ったり、他の大人に助けを求めたりするよりも、病院に駆け込んでもらったほうが早いと思ったに違いない。

シンゾウの意見も、美音と似たり寄ったりだった。

「ウメ婆が言うのももっともだが、母親にしてみりゃ、とにかく早く病院で診てもらいたかったんだろう」

「そうらしいです。病院に着く前に、看護師さんが出てきてくれたってマモルが言ってました」

カツヤの母親が連絡をしたらしく、バス停と病院の真ん中ぐらいで車椅子を押した看護師に出会ったそうだ。カツヤはすぐに車椅子に乗せられ、病院に運ばれていった。マモルはカツヤの鞄や携帯電話を預かり、病院のロビーでカツヤの母親が来るのを待っていたという。

「夕方で混雑してる上に、いつも使っている道が工事中だったようで、お母様がいらっしゃるのにけっこう時間がかかったみたいです。でもマモルは、病院の中で携帯電話を使っちゃいけないと思ったらしくて……」

携帯電話の電源を切って、待合室で座っていた。カツヤの具合は気になるし、そのうちカツヤの母親がやってきて、今までの状況を伝えたりしているうちに、すっかり連絡を忘れてしまった、とのことだった。

「今は病院によっては携帯電話を使ってもかまわないところもあるし、通話が気になるならメールだってかまわないのに……」

やっぱり子どもは子どもだ、と言いつつも、リョウコの表情には、マモルの無事を喜ぶ気持ちが溢れていた。

「無事でなによりだ。で、そのカツヤって子は大丈夫だったのかい？」

「盲腸だったそうです。実は去年マモルも手術したんです」

カツヤが訴えた痛みの場所や具合が、昨年自分が経験したものに似ていると思ったマモルは、カツヤの母親にそのことを告げたらしい。

実はカツヤはこのところ、ときどき気持ちが悪いとかお腹が痛いとか訴えていたようで、母親は近々病院に連れていくつもりだったそうだ。マモルからの電話を受けた母親は、やはり……ということで総合病院の小児科に連絡し、処置を急いでもらうことにした。結果として、母親の到着とともに手術が開始、事なきを得たが、もう少し遅れていれば腹膜炎《ふくまくえん》を発症するところだったらしい。

生まれたときからのかかりつけで融通《ゆうずう》を利かせてもらえたにしても、マモルからの情報がなければそううまくはいかなかっただろう。

リョウコは泣いているのか笑っているのか判別しがたい顔で言う。

「マモルってば、よく気が付いたねってすごく褒められたよ、なんて自慢するんです。こっちの気も知らないで……」

「まあ、終わりよければ全てよし、ってことだ。じゃあ捜索本部は解散。早く迎えに行ってやりな」

シンゾウに促《うなが》され、リョウコは何度も頭を下げながら出ていった。

残された面々は、やれやれ……と椅子や小上がりに腰を下ろす。

「よかった、よかった。にしても、大した騒ぎだったねえ」

ウメの言葉に、シンゾウも右手で肩を揉みながら応《こた》える。

「空騒《からさわ》ぎでよかったが、とにかく疲れた……ってことで、もうこれは呑み直すしかないな」

シンゾウに様子を窺《うかが》うように見られ、美音はにっこり笑った。

「皆さんお疲れさまでした。ちょうど白菜のスープが煮えましたよ」

お酒はもちろん、おにぎりもあるし、召し上がっていってくださいな、と美音は大ぶりの椀に次々とスープをよそう。客たちは大喜びだ。

「おーそうか、もう白菜の美味しい季節か」

「俺たち見てただけだけど、いいのかな……」

「なに言ってんだい。なにもしてないのはみんな同じだ。あんたら、地図をコピーしに行ってくれただけ上等だ」

ヒロシに功績を認められ、ヤマちゃんとケンさんも嬉しそうにお椀に手を伸ばす。

お椀の中身は、鶏ガラスープをベースに豚挽肉の団子とざく切りの白菜をたっぷり入れ、最後に片栗粉でとろみをつけたスープである。

ちなみに鶏ガラスープは粉末のものを利用、あっという間にできあがる簡単なものだが、鶏と豚の旨みと白菜の甘みでほっとするような味わいだ。

「おー！　これこれ！」

ヤマちゃんは椀を受け取るなり、ここぞとばかりに黒胡椒《こしょう》を振りかける。彼曰《いわ》く、濃厚な味だけに、黒胡椒のぴりっとした刺激

が堪《こた》えられない、とのことだった。

ケンさんはケンさんで椀から立ち上る湯気に目を細めている。

「『ぼったくり』でこのスープを食べると、冬を実感するね」

ケンさんは白菜のしゃきしゃき感と、口の中でほろりとほどける肉団子の対比が面白いと言う。そして、直後にちょっと首を傾げるのだ。

「とはいえ……よーく煮込まれてとろとろになった白菜も旨いんだよなあ。飯の上にぶっかけて食いたくなる」

「わかるわかる。ちょっと中華丼みたいで旨そうだよな」

今日はおにぎりだけど、次の機会があればご飯にかけてもらおう、なんてカウンターの隅っこでふたりが話している間にも、町内会の人たちが戻ってきた。しかも次から次へと……

予想以上の大人数に美音は、これはいったいどうしたことだ、と思ったが、どうやらマモルの行方不明が口伝《くちづ》てで広がり、近隣の人たちがこぞって捜索に加わったためらしい。

ヒロシが申し訳なさそうに言う。

「すまねえ。まさかこんな人数になってるとは思いもしなかったから、帰る前に『ぼったくり』に寄ってってくれ、って連絡しちまった」

「いいんですよ、そんなこと」

みんなで分けるとしたら、おにぎりはひとつ、スープだってお椀に半分ぐらいにしかならない。それでも、うんと熱くしたスープを飲めば、冷え切った身体も少しは温まるだろう。


「あー美味しかった。美音ちゃん、ごちそうさま！」

「温まったよ、ありがとな」

口々に礼を言いながら、捜索に加わってくれた人たちが帰っていった。おにぎりのトレイも、スープの大鍋もすっかり空っぽである。

「美音坊も馨ちゃんもお疲れさん。明日にでも材料費を届けるからな」

現物支給でいいか？　なんて笑いながらヒロシに言われ、美音は慌てて断った。

「いりませんよ。私が勝手にしたことですし」
「そうだよ。手間だってほとんどかかってないし、ウメさんにまで手伝ってもらったし！」
手も首も総動員で横に振りまくる姉妹に、シンゾウが諭《さと》すように言う。
「だめだよ、美音坊。そういうのはきちんとしとかないと、次に何かあったとき
に困る。美音坊たちの厚意に甘えっぱなしとなったら、うっかり炊き出しも頼め
なくなる」
「……ってことで、今日使っちまったものは、朝一で届けさせる」

白菜はうちから、挽肉はヨシノリんとこ、米は……と数え上げながら、ヒロシ
とシンゾウ、そして使ったお椀を洗い終えたウメも帰っていった。

馨は元気いっぱいでみんなを戸口まで送り、また明日ねー！　と大きく手を
振っている。ところが、みんなの姿が見えなくなり戻ってくるなり、椅子にへた
り込んだ。
「はあー疲れた……。いつもと違うことをするって、どうしてこんなにくたびれ

るんだろ」

「そんなに違わないわよ。お客さんが来て、食べて呑んで帰っていった。ただそれだけのことじゃない」

ちょっと人数は多かったけど、と笑う美音を、馨は呆れたように見る。

「お姉ちゃん、大ざっぱすぎ」

「そう？　まあいいわ、そんなに疲れたのなら、今日はもう上がっていいわよ」

近隣に住む常連たちは、ほとんど来店済みだ。アキやリョウ、そしてトモは昨日顔を出してくれたから、今日は来ないだろう。もしも来るとしたら……と思ったとたん、顔が緩んだらしい。

馨がうんざりしたような声を出した。

「あと来そうなのは要さんぐらいだよね。そうやって追い払おうとするところを見ると、連絡が入ってるんじゃないの？」

「そういうこと」

「うわー、開き直った！　はいはい、わかりましたよ。お邪魔虫はさっさと退散いたします」

リア充爆発しろ！　なんて意味不明な言葉を吐きつつ、馨は帰っていった。

ひとりになった店内で、美音は調理台の隅に置いてあるスマホに目を走らせる。要はこのところ、ずいぶんマメに連絡をくれる。ほとんどがSNSを使ったメッセージだが、仕事中の美音を気遣ってのことだろう。

美音が待ちくたびれないように、そしていたずらに期待を募らせないように、一定の時刻になると今日は行けそう、とか、今日は無理、とかのメッセージが送られてくるのだ。

おかげで美音は、要が来られる日は、彼が好きそうなものを誂《あつら》えて待つことができたし、来られない日はさっさと片付けて帰れるようになった。

それまでのように、こっちに向かっている途中かもしれない、あと五分だけ待とう、なんて考えながらいつまでも店内に留《とど》まることがなくなったのだ。

『お互い忙しいし、負担がないように上手くやっていかないとね』

もちろん要は美音のことを考えてくれているのだろうし、その気持ちに嘘はないはずだ。でも、その気持ちの奥底に、自分のためだけに誂えられた特別な料理が食べたい、という下心も透《す》けて見えて、美音はふふっと笑ってしまう。

時刻は二十二時を回ったばかり。要は二十三時近くなると知らせてきていたから、まだしばらくかかるだろう。片付けは済んでいるし、明日の仕込みも今日のうちにできることは終わっている。

半ば時間を持てあました美音は、ふと思いついて冷蔵庫を開けた。中には卵がたくさん入っている。実は今日のおすすめに出汁巻《だしま》き玉子が入っていたのだが、マモルの家出騒ぎでそれどころではなくなってしまったのだ。

——出汁巻き玉子もいいけど、時間があるから伊達巻《だてま》きを焼いてみようかしら……

伊達巻きは黒豆以上に季節感のある料理だ。時々鍋焼きうどんに入っていることもあるが、ほとんどの人はお正月、おせち料理に入っているものしか口にしないだろう。要の母は京都出身の人だから、おせちには伊達巻きではなく、出汁巻き玉子を入れている可能性もある。

要は、伊達《だて》巻《ま》きを食べたことがあると言っていたが、おそらくそれは冷たくなったもので、焼きたての伊達巻きではなかったはずだ。焼きたての伊達巻きはとても美味しいし、そもそもそんなに時間のかかる料理ではない。今から用意すれば、要が来るころに焼き上がるだろう。

そう考えた美音は、早速伊達巻きを作り始めた。

冷蔵庫から卵をケースごと、流しの下からはクッキングカッターを取り出す。これは要のすすめで買ったもので、とろろステーキやスープ作りに大活躍だった。これまで伊達巻きに使ったことはなかったけれど、先日レシピ本を読んでいたら、クッキングカッターを使った伊達巻きの作り方が書いてあった。味付けは『ぼったくり』風にするにしても、材料を混ぜ合わせるのにクッキングカッターは重宝するだろう。いい機会だから、試してみようと思ったのだ。

クッキングカッターに卵を割り入れ、二センチ角ぐらいに切ったはんぺん、出汁、砂糖、みりん……などを次々に入れていく。その間にも、美音は要と先日交わした会話を思い出していた。

『伊達巻きなんて、甘すぎて酒の肴《さかな》にはならないよ。やっぱり酒と一緒なら出汁《だし》巻《ま》き玉子、しかも関西風のしょっぱい奴じゃないと』

要はそう言って出汁巻き玉子を推した。

美音は、出汁巻き玉子の美味しさを十分に理解した上で、伊達巻きにはまた別の美味しさがあると主張した。

『伊達巻きのふんわりした歯触りは独特でしょう？　出汁巻き玉子とはちょっと違いますよ』

『それにしたって、甘すぎる』

『それは味付け次第じゃないですか？』

『伊達巻きは甘いのがデフォルトだろ？　おれは断然、出汁巻き玉子派だ』

あのとき要は、頑《かたく》なに伊達巻きの美味しさを認めようとしなかった。

美音は、この人はきっと出汁巻き玉子が大好きなんだろうなあ……とほほえましく思ったものだ。

そんなやりとりを思い出しながら、美音はクッキングカッターを止め、中を確かめる。卵は平気だが、はんぺんはときどき大きな固まりで残ったりするから気を付けなければならない。逆に言えば、伊達巻《だてま》きを作る上で気を付けなければならないことはそこだけだった。

卵とはんぺんがきれいに混じり合い、クリーム状になったことを確認して、美音はクッキングカッターの中身をステンレスのバットに流し込む。

あとは予熱したオーブンに入れて、焼き上がるのを待つだけだった。

「いらっしゃいませ」

急ぎ足で歩いてきた要は、勢いよく引き戸を開けてカウンターの向こうを窺《うかが》った。予定より遅くなってしまったため、心配、あるいは怒っているのではないかと思ったが、美音は予想外に明るい笑顔で迎えてくれた。

「こんばんは。どうしたの？　やけに嬉しそうだね」

「だって、グッドタイミングなんですもん」

そう答えたとたん、オーブンの焼き上がりを知らせるブザーが鳴った。

「みたいだね。なにが焼き上がったの？」

「伊達巻きです」

「へえ……」

肉、あるいは魚か……と期待した気持ちがするするとしぼんでいく。

正直に言えば、伊達巻きはあまり好きではない。はっきり嫌いと言わないのは、大の大人が好き嫌いなんてみっともないと思っているのと、好き嫌い以前に食べる機会が滅多になかったからだ。

それでも美音は、焼きたての伊達巻きはそれはもう素晴らしいんです！　と自信たっぷりだし、空腹は限界まで来ている。甘さたっぷりの伊達巻きはとりあえず腹を満たすにはいいかもしれない。

――まあ、別の料理も注文して、伊達巻きはぱぱっと口に放り込んでしまえばいいか……

ところが美音は、そんな要の考えを読み取ったように軽く睨《にら》んでくる。

「伊達巻《だてま》きなんて……とか、思ってません？」

「え？　いや、そんなことは……」

「伊達巻きの甘さは、日本酒はもちろん、ウイスキーにだってぴったりなんですよ。熱々のところをお出ししますからね」

「うーん……でも伊達巻きは伊達巻きだろう？　あ、でも君が作るのはちょっと違うのかも……」

美音が作る料理は、いつも要の予想の斜め上を行く。特に甘みに関しては、かなり控えめで、居酒屋ならではの呑兵衛仕様というべきものだった。だから、『まるでお菓子みたい』と言われる伊達巻きにしても、美音ならば少しは塩気が勝った味付けになっている可能性もある。なにより、美音は要の好みの味をよく知っているから、それに合わせてくれたに違いない。

――でもやっぱり、同じ卵料理なら、おれは出汁巻《だしま》きのほうが好きだな。特にあの、半月ほど前に作ってくれた出汁巻き玉子は最高だった……

その日、美音が出してきたのは、ほのかな甘口の純米酒『生成（エクリュ）

2016』だった。

ワインを思わせるボトルに貼られたラベルの中に『新政酒造株式会社』という字を見つけたとき、要は思わず声を上げてしまった。なぜなら、『新政』はここ数年、日本酒好き垂涎《すいぜん》の銘柄となっており、なかなか手に入らないと聞いていたからだ。しかも品薄なせいで、プレミア価格になっているという噂……。よくぞこの店で、と思っても無理はないと思う。

ところが美音は、いつものようにたっぷり枡《ます》に注《つ》ぎこぼし、何食わぬ顔で言った。

『ご心配なく。新政酒造さんはとびっきりのお酒をたくさん造ってらっしゃいますが、これは気軽に呑んでいただける銘柄です。ちょっと発泡性日本酒っぽくて、『新政』という名前をご存じない方ならスパークリングワインと勘違いするかもしれません。それぐらい軽やかで、すーっと入っていっちゃうお酒なんです』

そんな説明をしたあと、美音は大根下ろしを添えた出汁巻き玉子を出してくれた。目の前で焼き上げられた熱々の出汁巻き玉子は出汁をたっぷり含み、ほのかに醤油《しょうゆ》の香りがした。冬に入ってぐんと甘みを増した大根おろしに醤油を垂らし、ダブル醤油《しょうゆ》状態にした出汁《だし》巻《ま》き玉子は、軽い飲み口の『生成（エクリュ）2016』にぴったりだった。

あの出汁巻き玉子こそが玉子焼きの真骨頂《しんこっちょう》、甘ったるい伊達巻《だてま》きとは比べものにならないはず……

要がそんなことを考えている間にも、美音はオーブンから取り出したバットの中身を、巻き簀《す》の上に移す。あっつ……と小声を漏らしながら巻き、ぐいっと力を込めて締め上げたあと、即座に包丁を入れた。

「本当は少し置いたほうがしっかり形がつくんですけど、やっぱり焼きたてを試していただきたいので……」

確かに、大葉が敷かれた皿の上で、伊達巻きはしどけなく広がろうとしている。ちょっと見、出来損ないとしか思えないけれど、それだけ弾力があるということだろう。

「冷めないうちにどうぞ。美味しくてびっくりしちゃいますから」

「君がそこまで言うのは珍しい。じゃあ早速……」

そう言いながらも、半信半疑で箸を付けた要は、口に入れたとたん感じた食感に驚かされた。まるで焼きたてのパンかカステラのようなふんわり感。それでいて、要が心配したねっとり絡みつくような甘さはない。それどころか、ほどよい塩気があり、この間の出汁巻き玉子を思わせるような味だった。

「え……伊達巻きってこんな味だったっけ？」

「意外でしょ？」

言葉を返す間を惜しみ、要はせっせと伊達巻きを口に運ぶ。熱が逃げるのがもったいないような気がしたのだ。

確かに出汁巻き玉子よりはずっと甘い。甘いには違いないのだが、熱のおかげかあまりしつこく感じない。先日の出汁巻《だしま》き玉子は醤油《しょうゆ》を使ったせいか、ほんの少し茶色かった。だが目の前の伊達巻《だてま》きは、外側こそきつね色の焦げ目がついているが、中は鮮やかな黄色。それなのに、なぜか醤油の味が感じられる。しきりに首を傾げる要に、美音が笑って説明してくれた。

「きれいな黄色にしたかったので、白醤油を使いました」

「なるほど……それで……」

「白醤油がなければ、お出汁を控えて市販の白だしを入れちゃってもいいんですよ」

「それは手っ取り早いね」

「でしょう？　それで……」

「なに？」

「焼きたての伊達巻きのお味はいかがでしたか？」

あくまでも、焼きたての伊達巻きの旨さを認めさせようとする美音に、要は苦笑いした。

「降参。確かに旨かったよ。西の出汁巻き、東の伊達巻き。どっちもありです」

「よろしい」

わざと偉そうに言い、えっへんと咳払いをしたあと、美音は要の猪口《ちょこ》に酒を注《つ》いだ。

「この間の『新政』もよかったけど、これもいいね」

「伊達巻きにぴったりでしょ？」

伊達巻きに合わせて美音が出したのは、ぬる燗《かん》にした『真澄《ますみ》　純米酒　奥伝寒《おくでんかん》造《づく》り』だった。長野県諏訪《すわ》市にある宮坂《みやさか》醸造が醸《かも》すこの酒は、お燗することでより膨らみを増す。

普段使いの気取らない、家庭料理にこそ合う酒造りを目指したというだけあって、香りも、控えめな甘さも、穏やかな卵料理の味を邪魔することはない。

あえてぬる燗にして、伊達巻きの熱さとぶつかり合わないようにしたあたり、さすが美音だと舌を巻かざるを得なかった。

「そんな騒ぎがあったんだ……」

なぜ、今日に限って伊達巻《だてま》きが出てきたか、という理由を説明された要は、家出騒ぎは大変だっただろうけど、こんな伊達巻きが出てくるならおれにとってはラッキーだったと喜んでいる。

「とはいえ、本当の家出じゃなくてよかったな」

「ええ。リョウコさんは相当後ろめたかったみたいですけど、マモルくんのほうは全然気にしてなかったんですって」

遊ぶのを我慢してまで中学受験のための塾に通い、その上、兄弟の面倒まで見させてしまった。

さぞやストレスが溜まる生活だっただろうに、あんなに叱ってごめんね、と詫びたリョウコにマモルは平然と言ったらしい。

『ぼくは週三回、何時間か塾に行くだけじゃない。スポーツ少年団でサッカーとか野球をやってる子はもっと練習してるし、週末は朝から晩までグラウンドだよ。あいつらは本を読む時間もゲームをする時間もないと思う』

『でもその子たちは心底野球やサッカーが好きでやってるんだろうし……』

『ぼくだって同じだよ。好きで塾に行ってるんだ。無理やり行かされてるなら別だけど、塾に通いたいって言ったのはぼくだし、塾の勉強が楽しいから行ってるんだ』

学校から帰って野球やサッカーの練習をするのは子どもらしくていいが、塾に行かされるのはかわいそう、なんて言うほうがおかしい。運動が好きな子もいれば、勉強が好きな子だっている、とマモルは力説したそうだ。

『だから、ストレスなんてあんまりない。でも、叱るときに怒鳴るのはやめて。耳が痛くなるんだ。普通に言ってくれればわかるから。で、お父さんの転勤は、もし決まったらそのときはまたみんなで考えればいいじゃない。今から騒いだってしょうがないし』

マモルを迎えに行った帰り、親子揃って『ぼったくり』に寄ったリョウコは、母親の面目丸つぶれです……と複雑きわまりない表情。一方マモルはあいかわらず無口で、ただ黙って頭を下げるばかり。もしかしたら内弁慶《うちべんけい》なのかもしれない、と思っている間に、ふたりはお邪魔しました、と帰っていった。

「なるほどね。いっぱしだね、そのマモルくんって子は」

「でしょ？　しっかりしてるなあって感心しました」

「うん。確かに、子どもは勉強が嫌いって大人が決めつけてるだけかもしれない」

「自分が勉強が嫌いだったからって、子どもはみんなそうだと思うのは大間違いですね」

「だね。意外と今の子にとっては勉強もスポーツも同じようなものなのかもしれない」

いずれにしても、誰かに強制されるのではなく、自主的にやるのであれば、勉強でも運動でも嫌だとは感じない。逆に、どんなに好きなことでも、強制ならちっとも楽しくない。

そして、それは子どもばかりではなく大人にとっても同じで、自《みず》らの選択であれば、道の険しさすらもその人の糧《かて》となる。

まわりからはどんなに困難な道に見えても、その道を歩くこと自体を楽しむことができるのだろう。

特に、隣に確かな足取りで進み続ける道連れがいるならば、その人から学ぶことは多いはずだ。

――私にとって、最上の道連れは目の前にいる。けれどこの人は、私のことを同じように思ってくれるだろうか。そう思ってもらえるよう、頑張らなきゃ……

要は今、冷めることで少しずつ変わっていく伊達巻《だてま》きの食感を楽しみながら、嘗《な》めるように酒を呑んでいる。

時折漏れる、満足そのものの笑みを見守りながら、美音はそんなことを思っていた。

手作りおせちのご褒美

おせちを作るのは本当に大変。品数は多いし、昨今おせち用の食材もずいぶん値上がりしています。でも、おせちを作るのをやめられない理由のひとつに『出来たてを味わえる』ことがあります。煮物や和え物は、時間をおいたほうが味が馴染むこともあって一概には言えませんが、焼き物は別。作中で扱った伊達巻きや焼豚、牛肉の八幡巻きなどの出来たての味わいは、家で作ってよかった！　と実感させてくれることうけあいです。私は、焼き物が仕上がるたびに端っこを切って味見をしてしまいます。出来たてのつまみ食いは、苦労して作った者へのご褒美。しっかり堪能してしまいましょう！

生成　2016

新政酒造株式会社

〒010-0921
秋田県秋田市大町6丁目2番35号
TEL：018-823-6407
FAX：018-864-4407
URL：http://www.aramasa.jp

真澄　純米酒　奥伝寒造り

宮坂醸造株式会社

〒392-8686
長野県諏訪市元町1-16
TEL：0266-52-6161
FAX：0266-53-4477
https://www.masumi.co.jp

いつか来た道

メンマと茹で鶏の和え物

はんぺんの葱ツナ焼き

ポークソテー

十二月に入り、街はクリスマスムード一色になっている。

美音は、赤と緑に埋め尽くされた『ショッピングプラザ下町』をのんびりと歩いていた。

今日は日曜日、週に一度の『ぼったくり』の休業日である。要は、どうしても今日中に確認しなければならないことがあるそうで、文句たらたら会社に出かけていった。

休みなのに満足にデートもできない、とぼやき半分、詫び半分のメールを受け取った美音は、残念には違いないが、仕事では仕方がないと諦めて、買い物に行くことにしたのだ。

平日もちょくちょく来てはいるが、半分はウォーキング目的だし、『ぼったくり』の開店までの短い時間のことだから、やはり駆け足になってしまう。たまに休日に来ることがあっても、たいていは馨と一緒で、せかせかと動き回る妹に付いていくのが精一杯。その点、今日はひとりでゆっくり見て回ることができる。

この間ちらっと見た暖かそうなセーターはまだ残っているかしら……なんて考えながら、エスカレーターで二階に上がった美音は、スポーツ用品店で意外な人物を見かけた。

それは色とりどりのTシャツを前に、真剣そのものの表情で考え込んでいるリョウだった。

リョウが住んでいるのはこのあたりではない。ものすごく遠いというわけではないが、電車に乗らなければならない距離のはずだ。『ぼったくり』に来るついでならまだしも、わざわざ日曜日にやってくるというのは珍しかった。

そもそも彼は市場調査会社に勤めていて、日曜日に休めないことも多いらしい。もしかしたら近くで仕事があって、抜け出してきたのだろうか……

でもまあ、誰がどこで何をしようとその人の自由だ。店の外でまで声をかけられるのも迷惑だろうと考えた美音は、そのまま通り過ぎようとした。ところが、リョウのほうはそうは考えなかったらしく、美音に気付くなり、嬉しそうな声を上げた。

「美音さん！　ちょうどよかった。ちょっと相談に乗ってくれませんか？」

「こんにちは、リョウちゃん。相談って？」

「えっと……これとこれ、どっちがアキさんに似合うと思います？」

そう言いながら、リョウは両手に一枚ずつTシャツを掲げた。片方はオレンジ、もう片方はピンク。どちらもひどくはっきりした色合いで、アキが好きなキャラクターが描かれていた。

「アキさん？　うーん……どっちも似合いそうだけど……」

「やっぱり……。困ったな……決められないや」

「リョウちゃんが好きなほうでいいんじゃない？　でも、どうしてまた？　あ、クリスマスプレゼントとか？」

美音は、とうとうプレゼントを贈り合うような仲に……と、にやにやしてしまった。ところがそんな美音を見て、リョウは大慌てで否定した。

「違います！　これはただのお礼！」

「お礼？」

「この間の黒豆の……」

リョウの伯母に黒豆ゼリーを食べさせるために、アキは休みを潰してまで黒豆を煮てくれた。おかげで伯母は家族と最期のひとときを過ごし、穏やかな気持ちで旅立つことができた。お礼をしなければ、と思うものの、万年金欠病でどうにもならなかった。今週になってボーナスが支給されたので、お礼の品を選びに来ることができたのだ、とリョウは説明した。

「そういうわけだったの。でも、お礼がTシャツって珍しいわね」

「アクセサリーとかも考えたんですけど、俺の予算じゃ立派なものは買えないし、選ぶのも難しいじゃないですか。その点Tシャツなら、ジョギングやテニスのときに着てもらえます。それに、万が一好みに合わなくても部屋着とかにしてもらえばいいかなーって」

リョウの話に、思わず美音は感心してしまった。

確かに、アキは社会に出て働いている大人の女性だ。身につけるのも、何十万もする宝石とまではいかないにしても、それなりのものを選ぶだろう。リョウの予算がいくらかは知らないけれど、同じ金額ならアクセサリーよりもTシャツのほうがアキに合うものが見つかるはずだ。

「この間、アキさんが『ショッピングプラザ下町』はけっこうTシャツの品揃えが豊富だって言ってたんです。今日は久しぶりに日曜日が休みになったから、ちょっと足を伸ばしてみました」

「よくわかったわ。アキさん、きっと喜ぶわよ」

「『リョウのくせに生意気よ』とか言われないでしょうか?」

「まさか」

もしもアキがその言葉を口にしたとしても、それは単なる照れ隠し、あるいは昔からの習慣だろう。

アキはリョウよりも年上だし、『ぼったくり』に通い始めたころのリョウは社会人になったばかりで少々頼りなかった。だが、リョウは近頃ずいぶんしっかりしてきた。内心ではアキもリョウを認めていることだろう。それどころか、もっと深い感情を抱いているに違いない。

「まあ、アキさんはいろんな意味でしっかりしてるし、言われても仕方ないですけどね」

独り言のような口調で呟いたあと、リョウは二枚のTシャツをもう一度見比べている。

そこで美音は、リョウが手にしているTシャツにはピンクとオレンジだけではなく、白や黒、ネイビーなどの色違いがあることに気付いた。

アキは普段から、あまり鮮やかな色合いの服を着ない。もちろん、『ぼったくり』に来るのは仕事帰りがほとんどだし、派手な服装を避けている可能性もある。そもそも白やネイビー、黒などはコーディネイトしやすい色でもある。好き嫌いとは関係ないかもしれない。

だが、他の持ち物——携帯電話とか手帳、鞄などから考えても、アキは元々白やネイビーというベーシックな色合いを好むのだろうと美音は思っていた。それなのに、リョウが持っているのは南国を思わせるようなオレンジやピンク……美音は違和感を隠せなかった。

「ねえ、リョウちゃん。どうしてその色にしたの？」

「え？　駄目っすか？」

「いえ、全然駄目じゃないの。ただ、アキさんがそういう色の服を着ているところって、あんまり見たことがないから……」

「あー……それはたぶん、無理してるんですよ」

「無理？」

「そう、無理。もういい年なんだから、落ち着かないと～みたいな？」

「でも、服だけじゃなくて、他の持ち物とかでも派手な色は選んでないわよ？」

そこで美音は、携帯電話や鞄の例を出して、アキの好む色について説明しようとした。ところが、リョウは美音の意見をあっさり否定した。

「美音さん、アキさんの携帯ってそんなに地味な色じゃないですよ」

「え……？」

『ぼったくり』に来る客のうち、リョウやアキ、トモ、イクヤ、そしてアキラにカンジといった若い層は、椅子に座ると同時にポケットや鞄から携帯電話を取り出してカウンターに置く。だから美音は、それぞれがどんな携帯電話を持っているのか知っている。

「確か、アキさんの携帯は紺色だったはず……」

「すごく地味な紺一色ですよね？　でもそれってカバーの色で、中身は目茶苦茶ビビッドなオレンジ」

「えっ、そうなの？」

「そうなんです。しかも、その前の機種はショッキングピンク」

「よく知ってるわねえ……」

「そりゃそうですよ。そのピンクの携帯は四年以上前の機種で、あっちこっち調子が悪くなってたのを、だましだまし使ってたんですよ。それがこの前、テニスやってるときにとうとうブラックアウトしちゃって……」

アキも、前々から携帯電話の調子がよくないことには気付いていて、そろそろ機種変更をしなければ……と思っていたそうだ。だが、気に入っているものだし、なにより使い慣れている。さらに、週末の携帯電話ショップは混み合っていて億《おっ》劫《くう》……ということで放置していたところ、ついに絶命、となったらしい。

「テニスが終わって、バッグからスマホを出したとたん絶叫。俺も散々いじくってみたけど、電源すら入らなかったんです。これはもう仕方ないってことで、そのまま携帯ショップへゴー、でした」

「あらまあ……それは大変だったわね」

「大変だったのはそれからですよ。アキさんの機種選びの基準がとんでもなかったんです」

そのときのことを思い出したのだろう。リョウは、ことさら大きなため息をついたあと、おもむろに美音に訊《たず》ねた。

「美音さん、機種変するときってなにを基準に選びます？」

「えーっと……私は値段かしら」

自《みず》ら『私のは不携帯電話です』と言ってしまうぐらい、美音の携帯電話は使用頻度が低い。

要と連絡を取り合うようになってから、少しはマシになったとはいえ、使っているのはごくごく一部の機能に限られる。そんな美音にとって、最新鋭の高価な機種は宝の持ち腐れでしかない。型落ちでもなんでも安いのが一番だと考えていた。

美音の話を聞いて、リョウが大きく頷いた。反応を見る限り、美音の他にもそういう人はたくさんいるのだろう。

「それなら十分わかります……っていうか、俺もそんな感じです。ま、俺の場合は単に金がないからですけど。でもあの人ときたら……」

「アキさんは違ったの？」

「アキさんは携帯を色で選ぶんです。カメラの性能とか、スピードとか、大きさとか、値段すら関係なし。自分の携帯、完全にぶっ壊れてるのに、この色じゃないと嫌だー、とか……。俺もう、途方に暮れちゃいましたよ」

そもそも具合が悪いのを承知で使い続けていたのは、その色が気に入っていたからだという。

アキが使っていたようなショッキングピンクの携帯電話は、今ではもう子ども用しか作られていない。それを知ったアキは、それならいっそ子ども用でもいい、とまで言い出したそうだ。

「もうね、馬鹿じゃないかと思いましたよ。子ども携帯の機能しか使わないならまだしも、前の携帯にアプリとか山ほど突っ込んでたんですよ。ゲームだってばりばり。そんな人が今更子ども携帯なんてあり得ません」

「確かに。私でも、さすがに子ども携帯は……って思うぐらいだもの」

「でしょ？　しかも根拠が色って……」

子ども携帯はリョウの猛反対により断念。その後、散々探しまくった挙げ句、やはりショッキングピンクはないと知ったアキは、渋々新しい機種を選んだ。それが、今使っているオレンジ色の携帯電話だそうだ。

「アキさん、店員さんおすすめの超お得な奴に見向きもせずに『本当はピンクがいいけど、このオレンジもすごくきれいだからあり！』なんて言ったんですよ。さーらーにー！」

まだ続くのか……とうんざりしかけている美音など完全無視、リョウの勢いは止まらない。

「あの人、その場でカバーを買ってさっさと被せちゃったんです。だったらそこまで色にこだわる必要ないだろうって話ですよ」

今時の若者そのものの言い回しで、リョウは不満を訴える。

店頭でああでもないこうでもないとだだをこねられれば、文句のひとつも言いたくなるのは当然だ。だが、リョウの不満は機種選びの経過ではなく、あんなに気に入って選んだ色を隠してしまったことにあるらしい。

「俺、なんで隠しちゃうんですか？　スケルトンタイプのカバーにすればいいのに、って言ったんです。そしたらあの人、『こんなかわいい色、私には似合わない』って……。そんなの関係ないと思いませんか？」

お葬式にピンクやオレンジの服を着ていくのはいかがなものかと思う。だが、どんな色の携帯電話を持っていても、誰かに迷惑をかけるわけじゃない。ピンクやオレンジが好きなのに、それをあえて隠す必要なんてない、とリョウは憤《いきどお》る。

「よく聞いたら、服も同じだって言うんですよ。オレンジとかピンクとか鮮やかな色が着てみたいけど、似合わないから我慢してるそうです。会社に着ていく服ならまだしも、休みの日なら好きな色を着ればいいじゃないかって言ったら、『着回しが大変なのよ』ですって、信じらんねえ！」

美音にしてみれば、アキの気持ちはわからないでもない。

会社に着ていく服とそれ以外の服を完全に分けている人はいいのだろうが、たいていはそこまで厳格に区別はしない。となると色の組み合わせに気を遣うのは当然だ。鮮やかなオレンジやピンクは、目立つだけあって他の服や持ち物と合わせるのが難しくなるだろう。

「で、俺、考えたんです。携帯の色ですらここまでこだわって、その上それを隠しちゃうような人が、自分でオレンジやピンクの服なんて買うわけない。もし買ったとしても、せいぜい家で着るかインナーにしちゃうだろう。でも、人からもらったら着るんじゃないかなあって」

「それはあるかも。アキさんはあれでけっこう義理堅いタイプだし、リョウちゃんが『こないだのやつ、着てくれないんですか？』とか言ったら……」

「でしょ？　俺もワンチャンありだと思うんです。ってことで、この二色」

どっちにしよう……となおもリョウは迷っている。そのとき美音は、そのTシャツの棚の端に下がっていたＰＯＰに目を留めた。

『Tシャツまとめ買いセール！　二枚お買い上げいただいた方に限り、三枚目を無料に！』

よくある、二枚分の料金で三枚のTシャツが買えるというものである。

棚に目を走らせると、美音の好みに合いそうなものもある。ふたりで半額ずつ出し合って三枚買えば、リョウは一枚の料金で二枚のTシャツを手に入れることができる。

そこで美音は、リョウに一緒にTシャツを買うことを提案してみた。

「マジっすか⁉　いやでも、なんか悪いし……」

「いいのよ。このブランド、私もけっこう好きなの。それにTシャツなら何枚あってもいいし」

家でも店でも着られて重宝なのよ、と美音が笑って見せても、リョウはやはり踏ん切りがつかない様子でいた。ところが、十数秒ほど考えたあと、ぱっと顔を輝かせた。

「わかった、折半っていうのがよくないんです。二枚分の料金で三枚買えるんですから、ちゃんと三で割って、二枚分を俺、一枚分を美音さんってことにさせてください。それなら俺も予算内だし、美音さんにもお得な感じがします」

「本当にいいの？　一枚しか買わない私は、大ラッキーじゃない！」

「俺だって二枚しか買いませんから」

「ありがとう。じゃ、そういうことにしましょう」

そして美音は、棚から自分でも馨でも着られそうな一枚を選び、リョウとともにレジに向かった。

†

「美音さん、レモン酎《ちゅう》ハイお願い！」

店に入ってくるなり、アキは鞄を椅子にどすん、と置いた。

『置いた』というよりも『投げ出した』に近い荒っぽい所作に、美音は目を見張ってしまう。

「ど、どうしたの？」

おしぼりを持っていった馨が、心配そうに訊《たず》ねた。

「ほんっとに頭にくる。まったく生意気なんだから！」

会社で何かトラブルでも起こったのだろうか、と思っていたが、どうやら会社とは関係ないらしい。アキがこの店で『生意気』という言葉を口にするとき、対象はほぼ決まっている。十中八九、リョウのことだろう。

案の定、アキの次の台詞《せりふ》はそれを裏付けるものだった。

「年が年中お金がなくてピーピー言ってるくせに、お礼とか言ってんじゃないわよ」

馨も相手の見当が付いたらしく、目を弓形にして笑ったあと、さらに訊《たず》ねる。

「リョウちゃんのことだね。それでお礼って？」

「ほら、馨ちゃんだってこんなこと訊くぐらいなんだもん。あたしがしたことなんて、特別でもなんでもないのに」

「アキさんがしたこと……あ、そうか、黒豆か！」

そこでようやく馨にも、話の筋が見えたらしい。美音は、リョウがお礼の品を選んでいたことを知っているから先刻承知ではあったが、馨にしてみれば、唐突に『お礼』と言われてもなんのことか思い当たらなかったのだろう。

「そう、黒豆。ただ調味料と黒豆を鍋に入れて、一晩寝かせて翌日火にかけただけ。たったそれだけのことなの。おまけに肝心のゼリーだって、半分はあいつが作ったようなものよ。それなのに、お礼なんてされたら困っちゃうわ」

「でもさ、アキさん。リョウちゃんはきっと嬉しかったんだよ。リョウちゃんの伯母さんが黒豆ゼリーなら食べられるんじゃないか、って提案したのはアキさんなんでしょ？　その上、黒豆煮を作れる人がいないって聞いて、休みを潰してまで煮てあげた。お礼したくなるのは当たり前だと思うけど」

「それなら『ぼったくり』で酎《ちゅう》ハイの一杯でも奢《おご》ってくれたらよかったのよ。なにもあんな……」

そこでアキは、続きの言葉を呑み込んで下を向いた。

リョウがアキに贈ったのは、二枚の鮮やかな色のTシャツのはずだ。大好きな色なのに、自分では買おうとしない。でも、プレゼントなら着るかもしれない、という理由で選ばれたものだったが、やはり気に入らなかったのだろうか。それとも、リョウがうっかり、美音と一緒に買ったことを漏らしてしまったのだろうか。

アキは前々から、リョウをとても気にかけていた。ただ、美音の目には、以前の弟に対する姉のような気遣いから、別のカテゴリーに移行しかけているように見える。自分への贈り物を誰かと、特に女性と一緒に選んだと知ったら、アキは面白くないかもしれない。

アキがなにについて怒っているのか、確信が持てないままに、美音は黙ってふたりのやりとりに耳を傾けた。

「リョウちゃんのお礼って、そんなに変なものだったの？」

「全然。すごく素敵なTシャツ。しかも……」

そこでアキが口にしたブランド名に、馨が小さく口笛を吹いた。即座に、行儀が悪い、と美音に叱られるも、特に反省した様子もなく話を続ける。

「張り込んだねーリョウちゃん」

「おまけに二枚よ。見栄張っちゃって。月末、また食べられなくなっても知らないから！」

「まあまあ、そう怒らずに。アキさんだってお気に入りのブランドじゃない。あ、それとも趣味に合わなかったの？」

馨の質問に美音は、気になるのはそこよ、とばかりにアキの顔を注視する。

オレンジやピンクの服を着たがっているというのはリョウの勘違いで、本当はいつも着ているような色が欲しかったのかもしれない。ところがアキは、色やデザインはとても気に入ったのだと答えた。

「その点についてはちょっと見直した……。あたしは、ピンクやオレンジならなんでもいいってわけじゃないの。これじゃなきゃ、って色調があるんだけど、あいつがくれたのって、それにぴったり。よく見つけた！　って褒めてやりたいほどよ」

それを聞いた美音は、あれれ……と首を傾げた。

確かリョウは、アキは自分には似合わないという理由から、鮮やかなピンクやオレンジの服を着ないのだと言っていた。それなのに、目の前のアキは色調そのものの好みがうるさいから、と言う。

どちらが本当なのかと気になりはしたが、やはり、リョウから聞いた話が前提の質問をするわけにはいかなかった。

「へえ……そんなにビンゴな色だったんだ。すごいね。Tシャツって意外にぴったりくることないのに」

数百円から万の単位まで、Tシャツは豊富に売られている。だが、色が気に入ればデザインが、そのどちらも気に入れば値段が……となって、なかなか望みどおりのものには出会えない。

いつもなにかを妥協して買う、それがTシャツというものだ、と馨は力説した。

「特に、誰かからもらうものって『なんだかなー』ってことが多いよね。まあ、くれる人もTシャツなら多少外したっていいか、って思ってるのかも。それなのに、好みにぴったりって表彰ものだよ」

「だからこそ、余計に心配になるのよ。色もデザインもぴったりってことは、妥協したのは値段でしょ？　あいつの財布空っぽになっちゃったと思う」

しかも二枚……と、そこでまた枚数を持ち出し、アキはため息をつく。

ほとんど一枚と変わらない値段で買ったと知っているだけに、美音は反応に困ってしまう。だが、リョウがあれだけ悩んで選んだ品である。彼の希望どおり、なんとかアキに着てもらいたいと思った。

「アキさん、リョウちゃんだってちゃんと考えて選んだんだと思うわ。だから、素直にありがとうでいいんじゃないかしら」

「返したところで、リョウちゃんが着られるわけじゃないし」

「返したりしないけど……」

そう言ったあと、アキは、あんなにきれいな色に合わせられる服がない、と嘆いた。早速、ファッションに詳しい馨が助言する。

「ピンクやオレンジでしょ？　細かい色調はわからないけど、普段、アキさんが着ているネイビーや黒のスーツのインナーでも全然ＯＫだと思うよ。むしろ、お洒落《しゃれ》な感じで素敵じゃないかな」

「それで会社に行くの？」

「何か問題？　アキさんの会社は確か、制服があるんでしょ？　だったら私服なんてなんでもいいじゃない」

「いや、でも……」

あくまでもアキは渋っている。見かねた美音は、リョウの意図どおりの助言をすることにした。

「えーっと……。ちょっともったいないかもしれないけど、テニスやジョギングのときに着たら？」

「あ、それいいね。もともとこのブランド、スポーツ向けだし」

「そっか……選んだのはリョウだから、派手だとかなんだとかも言えないか……」

「スポーツウエアとしてなら全然ありだよ！　ものすごくビビッドな色でさらに蛍光、いったいどこで買ったの？　なんて人もいっぱいいるじゃん」

「確かに。多少似合っていなくっても、運動中ならありよね」

「え、似合わなくないでしょ？　アキさんの肌って健康そうだから、はっきりしたオレンジを着たらすごく素敵だと思う」

「健康そう！　それって色が黒いってことだよね。でもまあ、いっか。ありがと、馨ちゃん」

そこでようやくアキは明るく笑った。きっと、次に『ぼったくり』以外でリョウに会うときは、鮮やかな色のTシャツを着てくれることだろう。

「ということで、美音さん、お酒のおかわりをちょうだい」

ふと見ると、アキの前のグラスも小鉢もすでに空っぽになっている。

ちなみに小鉢の中身は本日の突き出し、メンマと茹で鶏の和《あ》え物だった。

アキは、お腹は空いているし、文句は言いたいし、ということで、口の機能をフル活用することにしたのだろう。突き出しのメンマを口に入れて酎《ちゅう》ハイを一口、飲み込んでまたリョウの話、と大変忙しそうだった。

話は一区切り、喉の渇きも抑えられ、料理も少々お腹に入っている。今日は、そんな少し落ち着いた状態のアキにぴったりの酒が入荷していた。

「では、こちらをどうぞ」

美音は枡《ます》に立てたグラスにたっぷり酒を注《つ》いだ。

ラベルに書かれている文字は『純米吟醸　かたの桜《さくら》』、大阪府交野《かたの》市にある山《やま》野《の》酒造株式会社が醸《かも》す酒である。

生駒《いこま》山系の水と産地にこだわった酒米《さかまい》を平均精米率五十三パーセントまで削り込んで造るこの酒は、程よい酸味と口当たりのなめらかさ、そして吟醸酒ならではのフルーティな香りが持ち味である。とりわけ、封を切ったばかりの今は飲み口が軽妙で、日本酒ビギナーのアキにぴったりなのだ。

「うわあ……いい香り。それにすごく呑みやすい！」

早速一口呑んでみたアキが、歓声を上げた。

「でしょう？　西の日本酒は灘《なだ》が有名ですけど、大阪にも美味しいお酒があるんだぞ、って言ってるみたいな気がするんです」

「ほんとねえ……」

「でもって、おつまみは、こちらを」

そう言いながら馨が差し出したのは、本日のおすすめ、はんぺんの葱《ねぎ》ツナ焼きである。

はんぺんの葱ツナ焼きは、細かく砕いたはんぺんにツナと刻み葱を合わせ、つなぎに片栗粉を混ぜてフライパンで一口大に焼いたものだ。外はかりっとしているのに、中はふわふわという食感が面白く、お好みで醤油《しょうゆ》やポン酢をつけると酒の肴《さかな》にうってつけとなる。

馨は、美音がグラスを用意している間にフライパンを火にかけ、あらかじめ砕いて混ぜ合わせてあったはんぺんを焼き始めていたのだ。

「馨ちゃん、すごい！　見事な連係プレーね！」

「ありがと。さあさあ、熱々のうちにどうぞ！」

「あ、そうね」

アキは早速箸を取り、はんぺんを一口、そしてよく冷えた酒を一口。神妙な面《おも》持《も》ちで呑み込んだあと、くぅー……と呻《うめ》き声を漏らす。

「これ美味しい！　お葱の歯触りがすごくいいし、はんぺんをこんなふうに砕いちゃうなんて考えもしなかったわ」

「おまけに簡単なのよ。アキさんも家で作ってみたら？」

「美音さんの『簡単』は、あんまり信用できない……」

同じ『簡単』でも、プロの料理人と素人《しろうと》では意味合いが違いすぎる、とアキは疑わしそうに見てくる。確かに美音にとって、はんぺんを砕いてツナや葱と合わせて焼く、という作業は『簡単』以外の何物でもない。だが、料理をし慣れていない人にとってはそれすらも億劫《おっくう》なのかもしれない。

そこで美音は、はんぺんの葱ツナ焼きよりもさらに手軽な料理を披露することにした。

「じゃあ、もっと簡単なのをお教えします」

「やった！」

「まず、コンビニに行って、レトルトの蒸し鶏と瓶入りのメンマを買ってください」

「鶏とメンマ……あ、もしかしてさっきの突き出し？」

「正解。茹で鶏の代わりに蒸し鶏です。最近はどこのコンビニでも蒸し鶏を売ってますから」

「でも、これ、ちょっとピリッとしたからラー油が入ってるわよね？　ラー油も買うの？」

「瓶詰めのメンマの中には、ラー油が入ってるタイプがあるから、それを使えばいいわ。瓶詰めのメンマは味もしっかり付いてるから調味料はいらないし」

「お葱《ねぎ》は？」

「なくてもいいし、コンビニに刻んでパック詰めにしたのがあれば、それでもＯＫ」

「見たことあるわ。でも、一パック買うと多すぎない？」

「残ったら冷凍して。ラーメンにでも、お味噌汁にでもそのまま入れちゃえるから」

「なるほど……それなら本当に簡単。今度作ってみるわ」

そしてそのあと、アキは少々恥ずかしそうな顔で言った。

「実はこの間、黒豆を煮たあと、ちょっとだけうちで呑んだのよね。そのとき、ろくなおつまみがなくて、結局コンビニに買いに行ったの。そういうときに、蒸し鶏のレトルトと瓶詰めのメンマを買って、ぱぱっと一品作れたらかっこいいわよね」

「それだ！」

急に馨が大声を出した。どうしたんだろうと思っていると、馨は目を輝かせてアキに詰め寄った。

「ねえ、リョウちゃんとアキさんってテニスやジョギングのあとで、一緒にご飯食べたりしないの？」

「時間があるときはね。とはいっても、テニスやジョギングをする回数自体が減っちゃってるんだけど」

テニスブームの再来なのか、コートが取りにくくなった上に、年の瀬に向けてふたりとも忙しい。

それでも、せっかく始めたのだから……と頑張ってコートを押さえたり、無理だったときはジョギングに切り替えたりして、月に一度か二度は運動を続けている。運動をすれば喉も渇くし、お腹も空くから、そのあとで食事に行くこともある、とアキは語った。

「とはいっても、コートにシャワー室が付いてるとき限定。となると、回数はもっと減るけど」

「まあ、汗だくでご飯はないよね」

うんうん、となんだか偉そうに頷いて、馨が言う。

「アキさんは、リョウちゃんの財布を空っぽにしちゃったんじゃないか、って心配なんだよね？　だったら、テニスやジョギングをしたあと、リョウちゃんにご飯を食べさせてあげればいいんだよ」

「うーん……それは私も考えたことがあるんだ。でもあいつ、外で食べると自分も払うって聞かないのよ。付き合わせてるのはこっちだから、奢《おご》ってやるって言ってるのに」

「そっか……男のプライドって奴かなあ……」

「ほんと、生意気でしょ？」

そこでまた、アキはいつもの台詞《せりふ》を出した。そしてやっぱり美音には、彼女の顔が照れくさそうにしか見えなかった。

――要するにアキさんは、リョウちゃんがちゃんとご飯を食べられているかどうかが、心配で仕方がないのね。それって私と同じだわ……

ちゃんとご飯を食べただろうか、と心配するのは、その人への思いやりだ。ただ、単なる思いやりが、いつの間にか形を変え、思いもよらない色を呈するときがある。

自覚などないままにその過程を辿った美音には、今アキがいる場所はかつて自分がいた場所だとしか思えない。

二年以上の長い月日をかけて辿った道のり――行ったり来たり、時には迷路に入り込んだ美音を、周囲は温かく見守り、時には助言もくれた。自分が今、こんなに優しく温かい場所にいられるのは、周囲の人たちのおかげでもある。

もしもアキとリョウが同じような道のりを辿っているとしたら、今度は自分が役に立ちたい。美音の中にそんな思いがあった。

「払いたいなら払ってもらうしかないけど、払うお金をなるべく少なくすることはできるんじゃない？」

「というと？」

「この間、『家呑み』したんでしょ？ だったら次もそれでいいじゃない。あらかじめ食材を買っておけば、払う、払わないの騒ぎにはなりにくいし、払ってもらうにしても、外食よりもずっと安く済むと思うわ」

「お姉ちゃん、グッドアイデア。なんなら、シャワーも貸してあげればいいんだよ」

馨は調子よくそんなことを言う。さすがに独身女性の部屋でシャワーを借りるというのは微妙だと思うが、ご飯ぐらいならリョウも抵抗を感じないのではないだろうか。

「うわー美音さん！　それって、家にある材料でぱぱっとご飯、ってことでしょ？　ハードル上げすぎじゃない？」

「あらかじめ献立《こんだて》を考えて食材を揃えておけば、そう難しくはないでしょう？」

「いやいやいやいや……」

アキは、果てしなく『いや』という言葉を連ね、後ずさりしそうになっている。だが、失敗の少ないレシピなんて山ほどあるし、いくらでも教える、という美音の言葉にしばし考え込む。

「アキさん、去年の夏に、『お母さんのご機嫌回復プロジェクト』やったでしょ？　あれとあんまり変わらないようなレシピはたくさんあるのよ」

「でもやっぱり準備しておくのは難しいかな……。日によって食べたいものも変わるし」

あらかじめメニューを考えておいても、あまり役に立たない。なぜなら、運動のあとだからしっかり食べたいはずだと思って用意しても、疲れすぎて脂《あぶら》っこいものは勘弁してほしいと感じることもあるし、その逆もあり得る。そもそも、リョウの予定だってわからない。昼間一緒にテニスをしても、そのあと誰かと約束している可能性だってある、とアキは言う。

「そうねえ……確かに、せっかく用意したのに空振りじゃ悲しいわね」

「かといって、前もって今日はうちでご飯にしようって誘うのも変だし、コートの場所によっては、うちよりあいつのところのほうが近かったりするし」

馨は小声で、なんでそうなるかな……なんて呟いている。だが、ただの月末金欠病の救済策にしても、誘って断られればやっぱり傷つく。余計な傷は増やしたくないという気持ちはわからないでもなかった。

「と、なると……やっぱりその場で買ってささっと作る、あるいはアレンジ作戦しかないわね」

「うー……」

「なんなら、馨にも考えてもらいましょうか。馨は学生時代、友だちの下宿で『家呑み』とかやってたでしょ？　コンビニでなにが買えるか、とかお総菜のアレンジとかもよく知ってるんじゃない？」

美音の学生時代は、家と店と学校でできる三角形の移動だけで終わっていった。そのことに後悔はないけれど、馨が美音とは全然違う学生時代を送ったことは間違いない。

馨は本当に今時の、普通の学生生活を送ったから、コンビニにも頻繁に出入りしたし、日付が変わるまで友だちの家で遊んでいたこともあった。その経験を生かせば、アキに作れそうなレシピの提案は容易だろう。

「やだ、それじゃあまるであたしが遊び人みたいに聞こえるじゃない……って、まあ、お姉ちゃんに比べれば遊び人か……」

「美音さんは特殊例。馨ちゃんは普通……いや、普通よりは上等ね。学生時代でも、忙しそうなときはお店を手伝ってたじゃない」

「ありがと、アキさん。お姉ちゃんが真面目すぎるから、いっつも不良みたいに見られちゃうんだよね。そう言ってくれて嬉しい！」

お礼に、頑張ってレシピ集を作るよ！　と馨は腕まくりをして見せた。

「もちろん、お姉ちゃんにも手伝ってもらうし」

「あ、それなら安心」

「わあ……なんか微妙に傷つく～」

「ごめんごめん。でも、いくら『ぼったくり』姉妹のレシピでも同じようには……」

「大丈夫だよ。あたしでも失敗ないようなのばっかりにするから！」

「ありがと。じゃあ、ちょっと頑張ってみる。そういうのって、覚えておいて損はないもんね」

馨の説得で、アキはリョウを招いての『家呑み』『家ご飯』について検討する気になったようだ。

早急に簡単レシピをまとめてメールで送る、と馨に言われたアキは、締めの贅《ぜい》沢《たく》茶漬けをきれいに平らげ、ご機嫌で帰っていった。

†

その日の帰り、馨は閉店まで『ぼったくり』に残っていた。帰宅途中でコンビニに寄るためである。あえて夜中に行くのは、コンビニは夜中に品切れすることが多く、それでも手に入る食材を確かめたかったからだ。目当ての食材がなければ、アキは途方に暮れてしまうだろう。

「へえ……ずいぶんいろんなものがあるのね……」

「なにその発言。初めてコンビニに来たわけじゃあるまいし」

馨は呆れたように言うが、普段の買い物とアレンジ料理レシピを作るために食材を探すのでは話が違う。いつもなら素通りするような棚をじっくり見ることで、思いがけない商品が次々と目に入ってきたのだ。

「野菜や果物もあるし、調味料やレトルトソースもけっこう揃ってる。しかも、ほとんどが少量タイプね。スーパーでは家族向けの量のものが多いけど、家族が少なければこっちのほうが便利かも」

「割高だけど、食べきれなくて無駄にすることを考えれば経済的って考え方もあるよ。あたしの友だちとかも、賞味期限を気にする子はあえてコンビニで買ってるって言ってた。あと、百均とかね」

「そっか……百均か……うわー見て見て馨！　ちっちゃいマヨネーズ！」

ママゴトみたいねえ！　と騒ぎまくる美音に、馨はさらに呆れ顔になる。

「かわいいのはわかったから、それをどう使うかを考えてね」

「あ、そうだったわね」

目的はミニチュアサイズの調味料に感心することではなかった、と反省し、美音は『料理人』としてコンビニの店内を見回す。

調味料やレトルトソースの棚はよく見た。飲み物やお菓子は勝手知ったるものだ。あとは冷凍食品と総菜の類《たぐい》だった。

「蒸し鶏は使い勝手がいいけど、こんなに種類があるとどれを選んでいいかわからなくなるね」

「スパイスを使ってあるものや、燻製《くんせい》になっているのはそのまま食べてもいいわね。アレンジしやすいのはシンプルなタイプかしら」

「メンマと混ぜたりね」

「そうそう」

ウインナーやハムの種類もたくさんあるし、冷凍食品コーナーには細切れ肉や挽肉、魚の干物まである。以前、エビのガーリック炒めを作ったときに、要に冷凍エビはコンビニでも買えると話した記憶があるが、コンビニは美音の認識よりもさらに品揃えの幅を広げたらしい。

「これならスーパーと変わらないわね。値段だって、プライベートブランドならスーパーと同じだし」

全国規模のコンビニのほとんどは大手スーパーの関連企業となっている。そのため、母体スーパーのプライベートブランドを扱っていることが多い。豆腐や牛乳といった日配品《にっぱい》やレトルト商品でも、プライベートブランドならスーパーと同じ価格で買えるのだ。その上、コンビニなら一日中開いている。スーパーの売上が伸び悩む中、コンビニだけが好調というのはそんなところにも原因があるのだろう。

まず馨が目をつけたのは、三種類のウインナーとバターコーンが入ったお総菜のパック、そしてスライスチーズだった。ウインナーにはケチャップとマスタードの小さな袋が付いている。

「このウインナーとこっちのチーズをこのバターロールに挟んで……って、それじゃあ芸がないか。あ、餃子《ぎょうざ》の皮がある！　これにケチャップを塗ってミニピザみたいにしたらどうかな」

餃子の皮を売っているコンビニは珍しい、と馨が驚いている。頻繁にコンビニに出入りする馨ですらあまり見たことがないのだから、扱っている店舗は少ないに違いない。だが、今回のアキの場合はあらかじめ取扱店舗を探しておけるのだから、とりあえず問題にはならないだろう。

「餃子の皮なら小さいし、オーブントースターで焼けるわね」

「ちょっと薄いから、二枚重ねれば完璧。こういうのぱぱっと作れたら、ものすごく女子力アピールできるよね」

「スライスしてピザに使うだけじゃ、ウインナーが残るわね」

「卵ぐらいは家にあるだろうから、チーズもウインナーも刻んでスクランブルエッグにすればいいよ。半熟とろとろで」

「美味しそう。どうせならコーンも入れて、ウインナーに付いてるパセリを刻んで散らしましょう」

「彩《いろど》りも大事だよね！　乾燥パセリも売ってるけど、生のほうがきれいだし」

賑《にぎ》やかに相談しながら買い物をしたあと、姉妹は帰宅、何度か試作を繰り返し、アキにレシピを送信した。

†

十二月半ばの日曜日、着替えを終えたアキは、出入り口の横にある自販機に向かった。飲み物を買おうと財布を出したところで、男性用ロッカールームからリョウが出てくる。

「あーさっぱりした。いいっすねえ、シャワー室付きのテニスコートって」

「やっぱり運動のあとはすっきりしたいよね」

「まったくです。ま、その分、料金もけっこうかかりますけど」

「冬になったらそんなに汗も掻かなくなるかと思ったけど、そうでもないんだね」

「定期的に身体を動かしてるから、代謝がよくなってるんですよ」

「そうかなあ……。あたしとしては、もっと筋肉がついてほしいんだけど……」

「休憩を入れながらとはいえ、二時間続けてテニスができるんだから上等です。それにアキさん、足とかずいぶん締まったじゃないですか」

「それって、もともとは緩みまくってたってこと？」

じろりと横目でアキに睨《にら》まれ、リョウはうへぇ……という顔をする。

アキは、あーまたやっちゃった、と舌打ちしそうになった。リョウの顔に『なんてかわいげのない女なんだ』と書いてあるような気がする。

『ぼったくり』で顔を合わせる他の人には、こんなふうに噛みついたりしないのに……と自分で自分が嫌になる。もちろんそれは、常連客のほとんどがアキより年上、かつ、目から鱗《うろこ》な話ばかりを聞かせてくれて、噛みつく要素が皆無なせいもある。

アキにとって『ぼったくり』という場所は、美味しいものを飲み食いできるだけでなく、経験豊富な大人たちから色々なことを教わる場でもあるのだ。おそらくそれは、リョウにとっても同じだろう。

リョウも自分も発展途上。それがわかっていても、リョウが突拍子もない質問をしたり、大人として当然知っているべきことを知らなかったりするといらいらする。それなのに、リョウとほとんど変わらない年齢である馨が同じような質問をしても、そんな気持ちにはならない。むしろ、ほほえましく思ったりする。

リョウと馨のなにが違うのだろう。性別だろうか、それともふたりの本来の性格だろうか……と考えた結果、リョウに対する苛立ちの本質に気付いてしまった。

最初は、自分はリョウを弟のように思っているのだろうと考えていた。家族なんだから、弟がちゃんとしていなければ苛立つし、情けないと思うのは当たり前だ。けれど、いつのころからか『ぼったくり』にいないとき、たとえば会社の昼休みに、『あいつ、ご飯食べたかな……』なんて考えるようになった。会社の飲み会でボリュームたっぷりの揚げ物が出されても『うわーカロリー満載だあ……あいつがいれば押しつけちゃえるのに。それにしても、あんなに脂《あぶら》っこいものばっかり食べてるくせに、あの体形は許せない！』などと思う。

そんな調子で、ことあるごとにリョウが頭の中をうろうろし、邪魔くさくて仕方がない。

『いったいなんなのよ、あいつ！』と切れそうになったところで、ようやく気が付いた。

——あたし、あいつのこと好きなんだ。だからこんなに気になって、うるさいことばかり言いたくなるんだ。あたしはリョウに、シンゾウさんやウメさんみたいな『ちゃんとした大人』になってほしいんだ。頼りになって、尊敬できる大人に……

人間なんだから、いいところもあれば、嫌なところもある。誰かを好きになるなら、良いも悪いもひっくるめて好きになるべき、『ありのまま』上等、というのが今の風潮らしい。

だが、アキには、自分は好きな相手の『ありのまま』を許せるほどできた人間じゃないという自覚がある。好きな相手でも嫌なところは嫌だと思うし、好きだからこそ、相手にはピカイチでいてほしい。たとえ今ピカイチじゃなくても、そうなるように頑張ってもらいたい。あれこれ注意するのはそのせいだ。どうでもいい相手なら、放っておけばいいのだから……

会うたびに色々なことが目につき、注意した結果、売り言葉に買い言葉で喧嘩になる。リョウはさぞや口うるさい女だと思っていることだろう。ただでさえ年上、しかも口うるさいときたら、恋愛対象には見てもらえない。

アキにだって、好きな相手から好かれたいという気持ちはある。好かれないまでも、嫌われたくはない。少なくとも、口うるさいおばさんというイメージは払拭したかった。

かくしてアキは、自分のイメージを変えようと頑張り始めた。いつもなら言い返す言葉をぐっと呑み込み、炸裂しようとする足蹴りも決死の努力で抑え込んだ。それなのにリョウは、どこか具合が悪いのではないか、と疑うような目で見たあと、さらに煽るような台詞《せりふ》を吐くのだ。けなげな努力は泡と消え、いつもどおりの言い合いと足蹴り……

これでは想いを伝えるなんて夢のまた夢。告白するまでもなく、玉砕《ぎょくさい》確定だった。

それでも、リョウがちゃんと食べているかどうかは気になるし、困った顔をしているとなんとかしてやりたくてうずうずする。黒豆ゼリーを作ろうと思ったのも、リョウの伯母さんや家族への心配ではなく、悩み続けているリョウ自身を心配してのことだ。

幸い黒豆ゼリーは上手くできて、伯母さんも喜んでくれたらしい。リョウはとても感謝してくれたし、アキとしても大満足だった。だからこそ、リョウがお礼の品を持ってきたときは腹が立った。

――お礼なんていらない。あたしは、あんたにいつもみたいに笑ってほしかっただけ。あんたは『ボーナス出ましたから！』なんて言うけど、こんなことに使ってたらあっという間になくなっちゃうじゃない！　それなら月末に備えてとっておくとか、穴があきかけたテニスシューズでも買い換えればいいのに！

だが、リョウはにこにこしながら、包みを差し出している。突き返すのも大人気ないということで、とりあえず受け取った。家に帰って開けてみたら、自分では買うに買えなかった色のTシャツが出てきたのだ。

自分の好みをちゃんと知っていてくれたことが嬉しくて、思いっきりにやにやしてしまった。あいつの目の前で開けなくてよかった、と思う半面、リョウの財布が気になってならなかった。

どうやってお返ししよう、と思っていたら、『ぼったくり』姉妹がアドバイスをくれた。

ふたりがメールで送ってくれたレシピの中から、とにかく失敗しなそうな料理を選んで、何度も作り、これなら大丈夫、となったのは昨夜のことだった。

このところ、ジョギングすることが続いていたが、ようやくテニスコートが取れた。明日は久しぶりにテニスができる、という高揚感が幸いしたのかもしれない。

かくして、万全の態勢で臨んだ日曜日。空は晴れ渡り、怪我も喧嘩もすることなくテニスを終えた。ゲーム結果は辛うじてアキが勝利。だが、アキにとって本当の勝負は、これからだった。

――人のアイデアでもなんでもいい、とにかく勝ちたい！

そんなことを考えていると、リョウがまた声をかけてきた。アキがしばらく考え込んでいたせいか、ちょっと取り繕《つくろ》うような発言である。

「誰も緩みまくってたなんて言ってないじゃないですか。普通です、普通」

「あたしの足が太いのは確かだし、言われても仕方ないよね」

「だから、太くはないですって。ただ、筋肉がついた足とそうじゃない足は、同じ太さでもシルエットが違うって……」

「はいはい、わかったわかった。とりあえず、あんたから見ても、今のあたしの足は及第点ってことだよね？」

「そうっす」

「サンキュ！　ってことで……」

そこでアキは、リョウの様子を窺《うかが》った。

二時間も運動をしたあとのこと、お互いに空腹なのは間違いない。いつもなら簡単に『ご飯、どうするの？』と続けられる。そう言えば、リョウは『どっかで食っていきますか？』、あるいは『今日は予定があるっす』とか答えてくれる。だが、今日のアキは、いわば下心満載の状態である。

表向きには、リョウに経済的負担をかけずに食事をさせたい、というものであっても、その裏に隠された想いは誰よりも自分が知っている。そのせいで、いつものように軽く訊《たず》ねることができなくなっていた。

リョウは午前中に仕事があったため、今日のテニスは午後二時スタート、今は午後四時半だ。まっすぐ食事に行くには少々早いし、もしかしたら別な約束があるかもしれない……と、迷っていると、リョウがあっけらかんと言った。

「飯、食いに行きましょうよ」

「せっかく日曜日がお休みになったのに、友だちに会ったりしないの？」

「午前中は仕事して、午後からテニス。そのあとさらに友だちと遊ぶとか、無理。もうそんな体力残ってません。あとは、飯食って寝るだけです」

「なに言ってるの。あたしより三つも若いくせに」

「三つぐらい誤差のうちですよ」

そこだけやけに強い口調で言ったあと、リョウは足元に置いていたスポーツバッグを持ち上げた。

「俺、腹減って倒れそうなんです。とりあえずなんか食わないと、家に辿り着けそうもありません」

「そこまでか！　この万年空腹児め！」

思わずいつもの調子で突っ込むと、リョウは嬉しそうに笑った。

「そこまでっす！　ってことで、飯、行きましょう！　近場で安くて旨そうなとこないかな……『ぼったくり』みたいな」

「あんな店はそうそうないわよ」

「ですよねー。そういえば、このあたりってアキさんの縄張りですよね。いい店知りませんか？」

幸い、その日二人が使ったコートはアキの最寄り駅から二駅の距離にあった。縄張りというほど詳しくはないが、店を訊かれたのは絶好のチャンス。アキは思い切って『家呑み』を提案してみた。

「あんた、どうせお金ないんでしょ？　だったらうちに来ない？　この間、会社でもらったビールがたくさんあるし」

「アキさんの会社、ビールくれるんですか？」

「お歳暮でもらったのをみんなで分けたのよ。で、テニスから帰ってきたら絶対呑みたくなると思って、冷蔵庫に突っ込んできたの。友だちがお土産でくれた地酒もあるし。どうせ無料でもらったものだから、あんたにも呑ませてあげてもいいよ」

「アキさん、グッジョブです！　アキさんちならマッジとも遊べますよね！　じゃあ、つまみとか適当にコンビニで買っていきましょう！」

――神様、ありがとう！

アキは心の中で、千回ぐらいお礼を言いたい気持ちだった。

実はもらったなんて大嘘で、この日のためにわざわざリョウが好きなメーカーのビールと日本酒を買い込んだのだ。きっとそのことも知っているに違いないのに、こんな理想の展開に持ち込んでくれた神様の心の広さは、さすがとしか言いようがなかった。

——あとで罰《ばち》を当ててくれてもかまいません。こいつが、あたしよりマツジを気にしてたってOK。今はただひたすら感謝です！

冷えたビールが待ってるのにジュースなんて飲んでる場合じゃない！　と、自販機にお金を入れようとしているアキを追い立て、リョウは駅に向かって歩き出す。

十五分後、ふたりはアキの部屋近くにあるコンビニに到着した。

「やっぱ乾き物はいりますよねー。にしても、するめって高《た》っけえな……」

「乾き物＝《イコール》するめなの？　オヤジくさいわねえ」

「え、そうっすか？　でもまあ、するめはマツジが間違って食べちゃったら大変だし、やめたほうが無難ですね」

それよりはこっち……と、彼がかごに入れたのは猫のおやつ、マツジが大好きな煮干しの小袋だった。

「マツジへのお土産はこれでOK。で、アキさんは、なにがいいんですか？」

「えーっと……エイひれ？」

「そっちのほうがずっとオヤジじゃないですか！　せめて柿ピーとか」

「どっちもどっちじゃない？」

「……そうっすね」

「あ、ウインナーがある。レンチンのポテトも。これならどう？」

「バッチグーです」

そんな調子で買い物かごにいくつかの商品を入れる。もちろん、値札のチェックも怠《おこた》らない。たとえ割り勘にしたとしても、外で食事を取るよりも安くなるように、値の張る食材はあらかじめ買っておいた。日持ちがするものばかりだし、『そういえばこれもあったわ』なんて言いながら出せば、不自然には思われないだろう。

案の定、リョウはレジに向かったアキを慌てて追いかけてきた。ビールをごちそうになるんだから、つまみぐらいは……と言い張るところを、『もともと無料』と強調して割り勘に持ち込む。会計は二千円にわずかに満たない金額だったが、リョウは千円札を差し出してきた。

これ以上の問答はみっともない、ということで素直に受け取ったが、アキとしては、首尾は上々という感じだった。

「このままじゃなんだから、ちょっとお皿に出すね。ビール、先に呑んでていいよ」

リョウに缶ビールを渡し、アキは買ってきたものを台所に運ぶ。台所とはいっても狭いアパートのこと、独立しているわけではなく、後ろにいるリョウの気配がひしひしと伝わってくる。とはいえ、それはリョウというよりも、リョウを大歓迎するマツジの気配だ。

このところちょくちょく現れるせいか、マツジはすっかりリョウを覚えてしまったらしい。もちろん、リョウ自身よりも彼がくれるおやつを歓迎している可能性は大だった。

「マツジ〜おやつだぞ〜。今、開けてやるからな〜」

リョウは、これぞ正統派猫なで声、と表現するに相応《ふさわ》しい声でマツジに話しかける。マツジのほうも、まるで人間の言葉がわかっているように、大人しく座ってリョウが煮干しの小袋を開けるのを待っていた。

──マッジ、あんたの飼い主はあたしなんだけど！　でも、気むずかしい猫が飼い主以外に懐くって、ある意味、フラグが立ってます状態？　マッジがこいつのこと、あたしの相手って認めてるとか……。きゃーーー!!

落ち着けあたし、と自分をなだめながら、『ぼったくり』でも食べたことがある蒸し鶏とメンマの和《あ》え物を皿に盛る。これはリョウが来てくれなくても自分が食べればいいと思って、あらかじめ作っておいたものだ。

朝一番で作ったとき、マッジは蒸し鶏がほしくてアキの足下でニャーニャー鳴きまくっていた。根負けして少しだけあげたけれど、人間用に味つけしたものを猫に食べさせるのはよくない。今なら煮干しをがしがし噛んでいる真っ最中だから、欲しがることもないだろう。

「とりあえず、これでも食べてて」

「あ……これ！」

おそらく『ぼったくり』で食べたことがあるのだろう。ビールにぴったりだ、と大喜びしながらも、リョウは箸を取ろうとはしない。

「どうしたの？」

「だって……」

アキさんが座ってくれないと……と言われ、アキはやむなく自分も腰を下ろす。

本当は次々と料理を出して、感心してもらいたいと思っていたのだが、とりあえず乾杯だけでもすませるしかなかった。ビールをぷしっと開け、缶同士を軽くぶつける。

「お疲れさんでした！」

「遊んでただけだけどねー」

「遊んでたって疲れます。疲れたときは、お疲れさんでいいっす！」

確かに、と笑いながら呑んだビールは、極上の味だった。

だが、その後の展開も、アキの思いどおりにはいかなかった。次々料理を出せないなら、呑む合間に席を立ってささっと一品作ってくる、という第二の『あたしの女子力をご覧！』作戦に切り替えようとしたのに、立ち上がろうとするたびにリョウに止められてしまう。

「ちょこまかしてないでゆっくり呑みましょうよ」

「え、でも、おつまみとか……」

「いっぱい買ってきたじゃないですか」

そう言いながらリョウは、乾き物や総菜のパックを次々に開けていく。どれも、アキが一手間加えてリョウを驚かせようとして買ったものなのに……

「ちょ、ちょっと待って。そのままじゃあんまりでしょ」

「なにがあんまりなんすか？　コンビニで売ってるものってそのまま食べられるからいいんですよ」

せめてお皿に移すとか……と、なんとか手を加える機会を得ようとしても、洗い物が増えるだけです、なんて台詞《せりふ》に阻まれる。水だって洗剤だって無料じゃないし、必要のない皿洗いはエコじゃないとまで言われれば、反論のしようもなかった。

最後の最後で持ち出した『温かいものが食べたい』という主張には、さすがのリョウも同意した。

だが、それにあたって彼が提案したのはこれまた予想外の解決策だった。

「あれって、中身は入ってるんですか？」

そう言いつつリョウが指さしたのは、食器棚の代わりに使っている三段ボックスの最下段。そこには、でかでかと『ホットプレート（一～二人用）』と書かれた箱があった。

「入ってるけど……もうずいぶん使ってないよ」

「壊れてないんでしょ？」

「たぶん……」

「じゃあ、あれを使いましょう」

そしてリョウは、アキが渋々取り出した箱を受け取り、嬉しそうにセッティングを始めた。

「はい、ＯＫ。このウインナー焼いちゃっていいですよね？」

「あ、うん……」

――なにこれ、想定外……っていうより、未曾有《みぞう》の大惨事レベルだわ！

アキは内心、冷や汗たらたらだった。

リョウは、買ってきた総菜をさっさとホットプレートに移して温めている。電子レンジのほうがずっと早いのに、と不満を口にしても、平気の平左《へいざ》だ。

「レンジは温まるのも早いですけど、冷めるのも早いでしょ？　その点、これならプレートの上にのせておく限りずっと温かいし、なにより席を立つ必要がありません。後片付けだって、取り皿とプレート一枚洗うだけで終了。ホットプレート最高！」

「そうかなあ……あたしはあんまり使わないけど……」

「俺だってひとりでは使いませんよ」

あくまでも誰かと一緒に飲み食いすることが前提だ、とリョウは主張した。

「誰かといる、しかも呑んでるときって、できるだけいっぱいしゃべりたいじゃないですか。家呑みの最大の魅力は、時間もまわりも気にせずにだらだらできることでしょう？　どっちかがぱたぱた動き回ってたらぜんぜん落ち着かないっす」

「だ、だけど……ホットプレートでできることって……」

何かを焼く、あるいはのんびり温めるぐらいがせいぜいだ。それではできることが限られてしまう。そもそも、美音と馨が教えてくれたレシピはホットプレートを前提になんてしていない、とアキは焦る。だが、リョウはご機嫌でホットプレートの上のウインナーをひっくり返し、とどめの言葉をぶつけてくる。

「さっき、チーズ買いましたよね？　あれ使っていいっすか？」

ほどよく焦げ目のついたウインナーの脇に温野菜サラダを寄せ、手でちぎったスライスチーズをオン。数秒考えたのち、箱から取り出した蓋を被せた。蓋はガラス製だったため、中でチーズがとけていく様子がはっきり見える。いい感じに蕩《とろ》けたところで、リョウが蓋を取った。

「うほー旨そう！　さあ、アキさん、食いましょう！」

取り皿と箸を渡され、熱いから気をつけてくださいね、なんて注意まで受ける。いい匂いに大騒ぎするかと思ったマツジは、リョウに「これ、熱いんだからな！」なんて言い聞かされて、大人しく座っている。これではどっちが家主で、飼い主かわからない。

「これ、今日は上にのっけちゃいましたけど、チーズフォンデュにしてもいいらしいですよ」

「フォンデュ？」

「チーズを耐熱容器に入れて、あらかじめレンチンしとくんです。で、そのままホットプレートにのっける」

「なるほど、それなら冷めないね」

「そういうことです」

「よくそんなこと知ってるわね」

「ネットのおかげです」

料理に不慣れな自分にも作れる料理を検索していたら、そんなレシピが出てきたそうだ。蕩《とろ》けるチーズではなく、カマンベールチーズを丸ごとレンジで溶かし、フォンデュにする方法もあった、と自慢げに言ったあと、リョウは、これまたコンビニで買ったペンネ・アラビアータをホットプレートに移した。

箸でほいほいとかき混ぜて温め直しながら、アキに卵を使っていいかと訊く。ちなみにその卵もコンビニで買ったものだが、これは単に備蓄がなくなったから買っただけ、もっぱら朝ご飯用だった。

「全部じゃなければいいよ」

「ども。じゃあ、これで『ぼったくり』ごっこをやりましょう」

そしてリョウは卵をプレートの上に割り入れ、直ちに箸でがーっとかき混ぜた。唖然としているアキを尻目に、卵の上にペンネをほいほい移し始める。とはいえ、卵はどんどん固まっていく。慌ててアキもフライ返しで参戦し、なんとか卵が半熟の状態のうちに、ペンネは引っ越しを終えた。

「はーい、『なんちゃって鉄板ナポリタン』の完成でーす！」

「ナポリタンじゃないでしょ！」

アキはもう、そんな突っ込みしかできない。女子力でさえも、リョウの圧勝だった。

「あんた、けっこう料理できるんだね。普段から家でやってるの？」

　アキが『ザ・負け犬』の心境で口にした一言に、リョウはにやりと笑った。

「ちょっとだけ……とはいっても、最近始めたばっかりなんですけどね」

「へえ……どういう心境の変化？　もしかして、そこまで金欠？」

　それなら、お礼なんてしなくてよかったのに……とアキは項垂《うなだ》れてしまう。だが、リョウは慌ててそれを否定した。

「そうじゃないですよ。自炊のほうが安く上がるってよく言いますけど、あれって毎日ちゃんと料理する人の話ですよね。俺みたいに残業ばっかりで、たまにしかやらない場合は、食材が余った挙げ句腐らせたりして、かえって金がかかるときがあります」

「あーそれはわかる……。だったらなんで？」

「なんていうか……料理のひとつぐらいできなきゃ駄目だと思って……」

「いや、だから、なんで急にそんなこと思ったの？」

「うーん……なんでって言われても……たぶん、あれですよ、美音さん……」

「美音さん？」

凄腕の料理人を見て感化されたのだろうか。それとも、美音自身に想いを寄せているとか……

そう思ったとたん胸に感じた痛みを無視して、アキはリョウの答えを待った。

「美音さん、近々、要さんと結婚すると思いませんか？」

「たぶんね……」

「で、俺、思ったんですよ。美音さんって、要さんと結婚したら働く必要なんてないですよね。というか、どっちかっていうと、専業主婦になって家事に専念しないと回らなそう……」

とにかく要は忙しい。残業、休日出勤は当たり前だし、海外出張も頻繁らしい。となると、共働きで家事を分担なんてできっこない。美音が『ぼったくり』を続けていては、家庭生活が成り立たなくなってしまう。ふたりの結婚の前提は、美音が『ぼったくり』をやめることではないか、とリョウは心配する。

「あ、そうか……。つまりあんたは、万が一『ぼったくり』がなくなっても大丈夫なように、自炊の準備をしてるってこと？」

「それもありますけど、半分は別の理由っす」

「別の理由って？」

「俺は要さんほど稼ぎがないし、結婚するとしたら奥さんにも働いてもらわなきゃならないと思うんですよ。だとしたら、ろくに家事もできないようじゃ困るなーって」

「け、結婚⁉　あんたそんなこと考えてたの⁉」

「『リョウのくせに生意気！』って言いたいんでしょ？　でも俺だってもう二十六です。結婚したっておかしくない年なんすよ」

「そうなんだ……」

彼女がいると聞いたことはないし、その気配もない。それなのに、突然リョウの口から出た『結婚』という言葉に、アキは動揺を隠せない。

なぜ急に、そんな気持ちになったのだろう。もしかしたら、好きな人でもできたのだろうか。だとしたら、こんなふうに『家呑み』するのはよくない。それどころか、テニスやジョギングに付き合わせることだって……とアキの気持ちは落ち込む一方だった。

そんなアキの気持ちなど知るよしもないリョウは、ちょっと遠い目をして呟く。

「俺も要さんぐらい甲斐性があったらなあ……」

「なに、あんたって奥さんに家にいてほしい人だったの？」

若いリョウが、男は外、女は中というような分業意識を持っているのは意外だった。だが、リョウは、直ちに首を横に振った。

「そういうことじゃないんです。なんていうか、働いてもらわざるを得ないっていうのが情けないんですよ」

「それってどうだろ……」

そこでアキは、美音の場合について考えてみた。

『ぼったくり』は美音が両親から受け継ぎ、大事に守ってきた店だ。経営が上手くいっていないわけでもないし、美音自身が仕事を楽しんでいるように見える。それどころか、先代夫婦が亡くなったあと、『ぼったくり』という店の存在にすがって生きてきたのではないかと思うほどだ。

いくら美音が収入を得る必要がないとしても、店を閉めて家庭に入りたいと思うだろうか。

つい最近、『ぼったくり』でも、その話が出た。常連たちは、美音の結婚が『ぼったくり』の今後にどう影響するのかを心配していたのだ。

そのとき美音は『もしもこの店を続けることで、要さんに迷惑をかけるとしたら、私は……』と口ごもった。ちょうどそのタイミングで要が入ってきて、続きは聞けなかったけれど、アキには、あの言葉は『店を閉める』という選択には繋がらないように思えてならない。むしろ、要と別れるというニュアンスが濃いような気がするのだ。

「要さんと結婚するとしたら、美音さんは『ぼったくり』を閉めるしかなくなっちゃう。美音さんにだって選択の余地はないのよ。で……これは私の想像だけど、もしも『ぼったくり』と結婚を天秤にかけたら、美音さんは『ぼったくり』を取るかもしれない」

「え……」

「あんたは、働いてもらわざるを得ないってのが情けない、って言うけど、それってあんたの気持ちだよね。世の中には、働きたくて働いてる女だっているんだよ」

「でも、美音さんはもう何年も頑張ってきたんだから、ここらでのんびり……」

「だから、のんびりしたいかどうかはその人が決めることなの。無理やり家に押し込められて、さあのんびりしろ、って言われるのはなんか違うよ」

「そういうものですか……」

「たぶんね。でも、どっちにしても、『ぼったくり』の今後は美音さんが決めること。あたしたちが口出しすべきじゃないよね」

「そうっすね……。あ、じゃあ、アキさんは？」

「へ？」

突然、自分のことを訊《たず》ねられ、アキはつい気の抜けた返事をしてしまう。そんなアキの顔を見て、リョウが盛大に笑った。

「なんて顔してるんですか」

「いきなりこっちに振るからよ」

「そりゃすみませんね。で？」

「で？　って言われても……」

「アキさんが結婚するとして、相手がすごい金持ちで、働く必要なんてなかったとしたら、アキさんはどうします？　それでも働きますか？」

「あたしは……たぶん、働くかな」

自分が、ものすごいお金持ちと結婚するなんて想像もできない。だが、万が一そうなったとしても、一日中家にいて、家事をしている姿は想像できなかった。

子どもでも生まれれば話は別だが、大人ふたりの生活に必要な家事の量は、そう多くもないはずだ。

中には、家の隅々まで掃除を怠《おこた》らず、冬でも毎日寝具まで洗濯、料理だって一から手作り、しかもそれを義務ではなく、楽しんでやれる人もいるだろう。だが、アキはそういうタイプではない。

むしろ、掃除はゴミが目に付くようになってから、洗濯もかごが一杯になってから、料理に至っては語るべくもない、という有様なのだ。しかもそれはアキ自身の性格の問題で、『仕事が忙しいから』ではない。たとえ十分に時間があったとしても、その大半を家事に費やすことはないだろう。

かといって、打ち込めるような趣味もない。今から時間潰しのための趣味を探すぐらいなら、仕事をするほうが自分には向いている、とアキは考えていた。

「へえ……なんかちょっと意外っす。アキさんは、『いい奥さんになりたい』タイプかと思ってた」

「なにそれ。あらゆる意味で失礼でしょ！」

必ずしも、家を守って家事に専念するのがいい奥さんとは言えないし、そういう奥さんになりたいと思っていると判断されたのも不本意。アキは久々に、本気でリョウを蹴飛ばしたくなってしまった。

塩を撒《ま》かれて追い出されたいの⁉　とアキにすごまれ、リョウが悲鳴を上げる。

「うわあーーー！　すみません！　ごめんなさい！　俺が悪かったです！」

「反省しなさい！　もう、心の底から徹底的に反省！」

「はいーーーー‼」

平謝りしているリョウを見て、アキはまたため息を漏らす。

――あーあ……結局、こうなっちゃうのよね。いくらいつものことだっていっても、相手は好きな男なんだから、もうちょっと対応の仕方があるでしょ……。あたしも、美音さんみたいに、どんなに嫌なことを言われても冷静にスルーできるスキルがほしい……

美音の穏やかな笑顔を思い浮かべ、アキは自己嫌悪に陥《おちい》った。まったくもう……と思いながら、向かいを見ると、リョウはひどく満足そうにしている。なにがそんなに嬉しいのか訊《たず》ねてしまうと、もう一ラウンド始まりそうな気がした。やむなくアキは黙ったまま、ホットプレートに残った最後のウインナーをぽいっと口に放り込む。思ったより焦げていないのは、いつの間にかリョウが保温モードに切り替えてくれたためだろう。

未来の結婚生活に向けて、着実にスキルアップしつつあるリョウを目の当《ま》たりにし、アキはもうため息すら出なかった。

†

アキにコンビニ商品を使ったレシピを送った翌週、美音は少しわくわくしながら彼女の来店を待っていた。ところが、年末で忙しいせいか、アキはなかなか来店せず、代わりに現れたのはリョウだった。

アキの話では、日曜日にテニスをするとのことだった。その帰りにリョウを誘ってみると言っていたから、結果が気になってならない。この際、リョウの様子からアキの首尾を察するしかなかった。

同じことを思ったのか、馨が小声で囁いてくる。

「リョウちゃんだけかあ……。先にアキさん、そうでなきゃふたり一緒に来てくれればよかったんだけどな……」

聞こえちゃうでしょ、とこれまた小声で慌てて馨を叱り、美音は笑顔でリョウに訊《たず》ねた。

「ビールにしますか？」

「ビールっすか……」

リョウは、一杯目の酒としてビール、あるいは酎《ちゅう》ハイを選ぶことが多い。だが、どうやら今日はビールの気分ではなかったらしく、返事を迷っていた。

「じゃあ、焼酎《しょうちゅう》にします？　ソーダ割りにうってつけの焼酎があるんですよ」

「ソーダ割り？　あ、酎ハイってことですね。酎ハイにするのに、向き不向きがあるんですか？」

焼酎は比較的自由な酒で、この銘柄は絶対に水割り、こっちはストレートという感じではない。どういう呑み方をしてもいいと思っていた、とリョウは首を傾げた。

「その解釈はあながち間違いじゃないんですけど、これは是非ソーダ割りで呑んでほしい、って銘柄があるんです」

「へえ……それはちょっと気になるっす。じゃあ、それにします」

「了解」

そして美音は、カウンターの端っこに並んでいる焼酎《しょうちゅう》の中から『NIPPON』と書かれたボトルを取り上げた。ラベルに目を留めたウメが、おや……という顔をする。

「ずいぶん風流だね」

「でしょう？　いかにも『NIPPON』って感じですよね」

ウメと話しつつも、美音は手早くソーダ割りを作り、リョウの前に置く。

「本当にソーダ割りなんですね。レモンもグレープフルーツもなしだ……」

「そう、本当のソーダ割り。まずは呑んでみてください」

リョウの言うように、普段ならレモンやグレープフルーツ、ライムあるいは梅干しといったフレーバー要素を足す。だが、今日に限ってなにも入れなかったのは、この焼酎の持ち味を最大限に引き出すためだった。

美音に促《うなが》され、リョウはおそるおそるといった感じでグラスに口をつけた。一口呑んで、不思議そうな顔になる。

「なんだろう……ちょっと甘い香りがする……。知ってる匂いだけど……」

そしてもう一口、さらにもう一口……と呑み進め、リョウはとうとう正解に辿り着いた。

「わかった！　これ、桜餅だ！」

「なんだよ、桜餅って。それを言うなら、桜の香りだろ？」

「ウメさん、桜餅で正解なんです。この焼酎を造ってる宝酒造《たから》さんも、はっきり『桜餅』って言ってますから」

「あれまあ……。ラベルに富士山と桜があるから、てっきり『桜』だと」

桜の香りって言ったほうが断然風流だ、とウメは言い張るが、事実は事実。この宝焼酎『NIPPON』は、無臭に近い甲類焼酎に特徴を加え、二〇一六年に発売された新しい銘柄だ。若者やこれまで焼酎《しょうちゅう》を呑んでいなかった人たちにも呑んでもらいたい、と造られた酒だが、桜の花ではなく葉を用いているところも、『桜餅』を思わせる要因だろう。

「そんなのどっちだっていいっす。でも、これ本当に甘くていい匂い……」

「でしょう？　だから、他のものを入れなかったの」

「確かに、ここにレモンやグレープフルーツが入ったら台無しっす」

「このお酒はソーダ割りだけじゃなくて、水割りやお湯割りも素敵なんですが、リョウちゃんにはソーダ割りがいいかなと思って」

「うん、俺、これかなり好きです。焼酎の香りっていえば、芋とか麦とかが有名だけど、桜ってお洒落《しゃれ》。たぶん、こういうのって、女の人も好きなんじゃないかな」

「かもしれませんね。今度、アキさんやトモさんにもおすすめしてみます」

そこで美音は、反応を窺《うかが》うようにリョウを見た。だが、アキの名前を出しても、特に表情を変えることもなく、リョウは黙って焼酎のソーダ割りを呑み続けた。

しばらくして、一杯目の焼酎の梅割りを呑み干したウメが宝焼酎『NIPPON』

のお湯割りを注文した。ウメが焼酎に梅干しを入れないのは珍しいことだったが、きっと梅干しに香りを邪魔されたくなかったのだろう。日本酒も焼酎も温度が高いほうが香りを感じやすいが、宝焼酎『NIPPON』はとりわけその傾向が強い。ソーダ割りよりはっきりとした香りを漂わせるお湯割りに、ウメは、いつも梅一辺倒だけど、たまには桜もいいもんだね、なんて目を細めた。

次にリョウが口を開いたのは、甘い香りのソーダ割りが空になるころだった。

「そういえばウメさん、クロは元気ですか？」

「おかげさんで、元気にやってるよ」

リョウの質問に、ウメは、なんだい、藪《やぶ》から棒に……と少々怪訝《けげん》な顔で答えた。

「いや、この間の日曜日、マッジと遊んだんですよ。そしたらマッジの兄弟のことが気になっちゃって」

「マッジと遊んだ……ああ、そうか、そういやアキちゃんが今週はテニスだって言ってたっけ」

ウメはそこでリョウに一瞬だけ目を留めた。普通なら、家を訪ねるような仲になっていることについて、何か言いたくなる場面だろう。だが、ウメは一言も触れることなく、猫の話を続ける。

「クロももともと元気だったからね。マサさんのところのチャタロウも相変わらず。ミクちゃんも元気いっぱいだよ」

「そういえば、ミクちゃんは、時々ウメさんが預かって運動させてるんでしたね」

「あたしじゃなくて、早紀ちゃんと凛《りん》ちゃんだけどね。まあ、おかげでデブ猫まっしぐらってわけじゃなくなったよ。タクも要さんのおかげで元気そうだし、よかったよかった」

「ほんとですね」

リョウとウメは、和やかに猫談義を続けている。

カウンターのこちら側から見ていた美音は、ちょっと不思議な気がした。

ウメは観察眼が鋭いし、人の気持ちもよくわかる人だ。ウメはとっくにアキの想いも察していると思っていた。だが、リョウがアキの部屋を訪れたことになにも触れないところを見ると、気が付いていないのかもしれない。

とはいえ、アキの気持ちをわかっている美音としては、リョウがどう考えているか気になる。

どこかでリョウが自分の気持ちを漏らしたりしないだろうか……と美音が注意深く見守っていると、ウメがまるで独り言のように呟いた。

「そういや、このないだテレビで見たんだけど、ひとり者の女が猫を飼うと縁遠くなるって言われてるそうだね。あれって本当かねえ……」

「え、ウメさん、縁遠くなっちゃ困るの⁉」

馨に素《す》っ頓狂《とんきょう》な声を上げられ、ウメは盛大に笑った。

「馬鹿をお言いでないよ。この年でそういうご縁をいただいてどうするってんだ。第一、あたしのまわりにひとり者なんてあんまりいないし、いても軒並み年下だよ」

「いいじゃないですか、年下だって」

そこで妙に力を込めて発言したのは、リョウだった。馨も即座に賛成する。

「うん、全然いいと思う。平均寿命を考えたって、女のほうがずっと長生きなんだし」

「そりゃそうかもしれないけど、あたしは昔から年上好みでね。年下の面倒は子どもや孫で十分だ」

「ふーん……そうなんだ……残念だねえ」

馨の発言に美音は、なにがどう残念なのやら……と、苦笑いだった。

美音の目には、今のウメはそれなりに満ち足りて暮らしているように見える。たまに寂しさを口にすることもあるけれど、それはひとり暮らしの自由さの対価だとわかっているようだし、それを変えるつもりもないのだろう。残念なんて言葉は、見当違いも甚《はなは》だしかった。

「あたしは今のままでいいんだ。ご縁なんて考えてもない。あたしが気にしてるのは、アキちゃんのことさ」

「あー……」

馨が、なるほどそっちか……と頷いた。

「年寄りってのは、若い者が気になるんだよ。馨ちゃんにはあの『ちょっと待って』の兄さんがいるし、トモちゃんにもイクヤさんがいる。美音坊のことはずーっと心配してたけど、今は要さんって人がいるから大丈夫。となると、気になるのは……」

「アラサー真っ只中で、仕事に精出すアキちゃん、ってことか」

「おまけに猫まで飼い出した、となるとやっぱりさ……。会社にいい人はいないのかねえ……」

「アキさんの会社のことって、あんまり知らないんだよね」

アキは基本的に『ぼったくり』で会社の話はしない。以前、後輩の女の子が自分よりも出世してしまった、と落ち込んでいたことがあったが、あれは例外中の例外である。だから、彼女の会社にどんな人がいて、それをどう思っているかなんてわかるわけがなかった。

「でもまあ、勤めてから何年も経つのに生活に変わりがないってことは、出会いがないってことなんだろうねえ……。いっそ、めぼしいのを見繕《みつくろ》って紹介してやろうかねえ……」

『ぼったくり』の常連は年寄りが多い。大半は客商売をやっていて顔が広いはずだから、ひとりぐらい紹介できそうな人を思いつけるのではないか、とウメは言う。

「一度、シンさんにでも相談してみたらどうだろう?」

そう言いつつ、ウメはちらりと目をリョウに走らせた。

——うわあ……すごい……やっぱりウメさんはわかってるんだ……

思わず美音は呻《うめ》きそうになる。

アキの気持ちなどわかっていないと思ったのは大間違い。ウメは、アキがリョウを好きなことをしっかり察していて、その上で、リョウの気持ちを確かめようとしている。ひとり者の女性が猫を飼うと云々、というのも、そのために持ち出した話なのだろう。

ウメは、リョウを蚊帳《かや》の外に置いたまま、馨と話し続けている。話題はやがて、アキに合うのはどんなタイプの男性か、というものに移った。

リョウは黙ったままふたりの会話を聞いていたが、そこで唐突に立ち上がった。

「美音さん、お勘定をしてください」

「あ、あら……？」

「もうお帰りかい？」

「ちょっと友だちに連絡しなきゃならないことがあるんです。夜に電話をくれって言われてたんで、あんまり遅くなるのも悪いし」

「おや、そうかい」

「ウメさん、心配はごもっともですけど、アキさんがどう考えているかもわからないのに、相手を紹介するなんて、やりすぎです。俺は、アキさんはそんなことしても喜ばないと思いますけどね」

そしてリョウは勘定を払い、さっさと帰っていった。

馨とウメは顔を見合わせ、同時ににやりと笑う。

「ほい、一丁上がり、ってなもんだ」

「リョウちゃん、やっぱりアキさんが気になってるみたいだね」

「間違いない。でなきゃ、あんなに唐突に帰ったりしない。締めも食べずにさ。よっぽど気に入らなかったんだね。年下云々の話にも思いっきり噛みついてきたし」

「うわあ……あれも伏線だったんだ。すごいね、ウメさん」

「だてに長く生きちゃいないよ」

「あとは時間の問題、タイミング次第かな？」

「アキちゃんもちゃんと自覚があるみたいだし、どっかの誰かさんたちほど時間がかかることはあるまい」

ウメはそう言って美音を見た。馨もくく……と笑っている。

時間ばっかりかかって悪うございましたね、これでもいろんなこと一生懸命考えて……と怒る美音に、ふたりの笑い声はさらに大きくなった。


それからしばらく経ったある日、アキが『ぼったくり』を訪れた。

開店早々やってきたウメとシンゾウは既に帰ったあと、その時点で客はアキひとりだった。

どうやら今日も平穏な一日だったらしく、アキは機嫌良くグレープフルーツ酎《ちゅう》ハイを呑みながら、料理ができるのを待っている。ちなみに、彼女が注文したのはポークソテー。塩胡椒《こしょう》した厚切りの豚腿肉をバターで焼き上げ、仕上げに醤油《しょうゆ》を垂らすというシンプルなものだった。

「あーいい匂い……。牛肉のステーキが美味しいのはわかってるけど、やっぱり庶民の味方は豚肉よね」

そう言って、鼻をクンクンさせるアキに、馨が異議を唱える。

「えー、でも、安い牛肉でも片栗粉を使えば美味しくできるんだよ?」

安くて固い肉でも片栗粉をはたいて焼けば、柔らかくてジューシーなステーキが出来上がる。いつだったか、そうやってクリーニング屋のタミに出したことがあったが、歯が弱くても食べられると大喜びしてくれたものだ。

「そういえば、この間、馨ちゃんが送ってくれたレシピにもステーキが入ってたね。安い牛肉を見つけたら冷凍しておくといい、レンジで解凍して、ぱぱっと焼いて出したらすごく見栄えがするよって。でもね……」

そこでアキは、ふう……と息を吐いた。

「ステーキって、なんか特別な感じがするのよ。なんでもないときのご飯に、ステーキって贅沢《ぜいたく》すぎる気がしちゃう。あたしが貧乏性なのかな……」

美音は、アキの気持ちがなんとなくわかる気がした。

たとえ一枚四百九十八円の輸入肉だとしても、ステーキはステーキ、やっぱりご馳走に思えてしまう。その点、豚肉なら気軽に味わえる、というのだろう。とはいえ、昨今豚肉も値上がりし、国産だったり、外国産でも有名ブランドだったりすると、四百九十八円では買えないこともある。

それでもやっぱり豚は豚、というのは、もしかしたらアキが有名な牛肉の産地に生まれ育ったせいかもしれない。

どうやら馨も同じことを考えたらしく、うんうん、と頷きながら言う。

「アキさんって、有名な牛肉の産地の出身だったよね。あの『とびとび』の牛肉はご馳走そのものだもん。そう思うのも無理はないかも」

近頃馨は、牛肉の霜降り状態を表すのに『とびとび』という言葉をよく使う。テレビか漫画で覚えたらしいが、おそらく、脂《あぶら》が飛び飛びに入っていることから来ているのだろう。

美音などは、その言葉を聞くたびに軽い違和感を覚えるのだが、アキは平然としている。おそらく彼女も、『とびとび』という言葉を使っているのだろう。嬉しそうに笑って応《こた》える。

「そうそう、『とびとび』のお肉はご馳走。だから、普段のご飯は豚肉で十分。なにより、美音さんが焼いてくれると、すごく美味しいんだもん」

「はいはい、ありがとう。さあ、召し上がれ！」

ちょうどそのタイミングで、ポークソテーが出来上がった。ほどよくついた焦げ目と適度に蕩《とろ》けた脂身に、アキの喉がゴクリと鳴る。即座に箸を取り、食べ始めようとしたとき、引き戸がからりと開いた。

「こんばんはー！　うわ、すげえいい匂い！」

入ってくるなり、リョウが歓声を上げる。カウンターに座っているアキを見つけ、すごい勢いで隣に座った。

「なに食ってんの⁉」

「見たらわかるでしょ？　ポークソテーよ」

「旨そう、旨そう、旨そう！　も一らい！」

そう言うなり、リョウは箸を取り上げ、ポークソテーを口に運ぶ。アキが絶叫した。

「あ、こら、リョウ！」

「いいじゃん、一切れぐらい！」

──なんか、ちょっと変ね……

見慣れたふたりなのだが、どこかいつもと違う。その原因がわからず、美音はしきりに首を傾げた。

「リョウちゃん、行儀悪いよ。そんなにお腹が空いてたの？」

呆れたように言いながら、馨が突き出しの小鉢をリョウの前に置いた。リョウは、ちょっと恥ずかしそうに頭を下げる。

「すみません。今日、昼飯に立ち食い蕎麦《そば》しか食えなかったもんですから……」

「また金欠病？」

「じゃなくて、時間がなかっただけっす」

「あらそう、月末が近いからてっきり……」

「十二月ですよ？　ボーナスが出ましたから、いくら月末でも少しは……」

余裕があります、と続けようとしたのだろう。だが、その前に、アキが割り込んだ。

「そのボーナスをいらないことに使っちゃったくせに。あたしにTシャツとか買ってるお金があったら、ちょっとは貯金しなさい！」

「うるさいなあ……いいだろ、別に。気に入ったって言ってたじゃん」

――あ、そうか……言葉遣いだ……

これまでずっと、リョウはアキに対して敬語を使っていた。ちょうど今、馨と話したような感じで、国語的に正しいとは言い切れないが、とにかく『目上の者』として接していたのだ。

ところが今のリョウは、アキに対してまるで友だちに使うような言葉で話しているのである。違和感を覚えたのはそのせいだった。

おそらく馨も気付いたのだろう。美音のすぐそばまで来て、こっそり囁いてくる。

「ねえ、お姉ちゃん。なんか、このふたり雰囲気が変わった？」

ところが、馨はもともと声が大きい上に、店の中にはリョウとアキ、美音姉妹の四人しかいない。

いくら馨がこっそり囁いたつもりでも、その声はしっかり本人たちの耳に届いてしまった。

とたんに、リョウが気まずそうな表情に変わった。アキはテーブルの下でリョウの足を蹴り、痛がるリョウに拗《す》ねた少女のような口調で言う。

「ばか……」

馨の目が弓形になる。足蹴り自体は見慣れたものだが、アキの台詞《せりふ》は致命傷すぎだった。

「ふうん……『ばかっ！』じゃなくて、『ばか……』なんだ」

馨もさすがに、はいはい、おめでとう……なんて言わなかったし、美音だって何も言わなかった。

けれどふたりは、姉妹が自分たちの関係の変化に気付いたと悟ったのだろう。

「あんたって、本当に頭悪いよね！　あれほど、隠しとこうって言ったのに！」

「どうせすぐバレるって言っただろ！　それに、俺だけのせいじゃないじゃん！」

ポークソテーの香ばしい醬油《しょうゆ》とバターの匂いが漂う中、いつもと同じようでまったく違う口喧嘩が始まった。

コンビニのお総菜

最近、コンビニに行って驚くのはお総菜の品揃えの豊かさです。これまでコンビニというとお弁当や麺類のイメージが強かった私は、サワラの西京焼きや切り干し大根、ポテトサラダなどがずらりと並べられていることにびっくり。これなら栄養のバランスだってちゃんと考えることができます。お総菜はスーパーにもたくさん売っていますが、遅い時間になると売り切れていることも多いですよね。疲れて何も作りたくない……と思うときは、コンビニのお総菜を組み合わせてみるのも一手です。どれも少量パックになっているので食べ残しも気になりません。

純米吟醸　かたの桜

宝焼酎「NIPPON」

人情あふれる居酒屋譚、大好評発売中!!
居酒屋
ぼったくり
1〜4
【原作】秋川滝美
【漫画】しわすだ
シリーズ累計
98万部
!!
なんとも物騒な名前の
この店には
旨い酒と
美味しい肴
暖かい人情がある!
東京下町にひっそりとある、居酒屋「ぼったくり」。なんとも物騒な暖簾のかかるその店では、店を営む姉妹と客達の間で日々、旨い酒と美味しい料理、誰かの困り事が話題にのぼる。そして、悩みを抱えて暖簾をくぐった人は、美味しいものと義理人情に触れ、知らず知らずのうちに身も心も癒されてゆく——。
居酒屋
ぼったくり
4
秋川滝美
しわすだ
物騒な名前のこの店には
にじむ人情と
旨い酒がある！
シリーズ累計
98万部
!!
◉B6判 ◉各定価:本体680円+税
Webにて好評連載中!
アルファポリス 漫画
検索

ひょんなことから、
とある豪邸の主のために
夜食を作ることになった佳乃。
彼女が用意したのは、賞味期限切れの
食材で作ったいい加減なリゾットだった。
それから1ヶ月後。突然その家の主に
呼び出され、強引に専属雇用契約を
結ばされてしまい……
職務内容は「厨房付き料理人補佐」。
つまり、夜食係。

◉文庫判　◉定価 1巻:650円+税　2·3·4巻·外伝:670円+税　illustration：夏珂

ありふれたチョコレート 1 2
AN ORDINARY CHOCOLATE BAR
秋川滝美
TAKIMI AKIKAWA
大人気シリーズ
待望の文庫化!
あくまでも平凡。
だからこそ
特別なものがある。
営業部長兼専務の超イケメン・瀬田に執着された相馬茅乃《そうまかやの》。けれど、自分は「箱入り特売チョコレート」のようなもの。彼には、「高級ブランドチョコ」のほうが似合うにきまっている……。そう思った茅乃は、あらゆる手段を使って彼のもとから逃げ出した！逃げる茅乃に追う瀬田。二人の攻防の行く末は？ネットで爆発的人気の恋愛逃亡劇、待望の文庫化!!
◉文庫判 ◉各定価：670円+税 ◉illustration：夏珂

猫屋ちゃき
Chaki Nekoya
扉の向こうはあやかし飯屋
個性豊かな常連たちが今夜もお待ちしています。
アルファポリス「第2回キャラ文芸大賞」特別賞受賞

扉の向こうはあやかし飯屋
個性豊かな常連たちが今夜もお待ちしています。
特別賞受賞

あやかし蔵の管理人
朝比奈和
あさひな・なごむ
1〜3
居候先の古びた屋敷は
あやかし達の憩いの場!?
突然両親が海外に旅立ち、一人日本に残った高校生の小日向蒼真は、結月清人という作家のもとで居候をすることになった。結月の住む古びた屋敷に引越したその日の晩、蒼真はいきなり愛らしい小鬼と出会う。実は、結月邸の庭にはあやかしの世界に繋がる蔵があり、結月はそこの管理人だったのだ。その日を境に、蒼真の周りに集まりだした人懐こい妖怪達。だが不思議なことに、妖怪達は幼いころの蒼真のことをよく知っているようだった——
◎各定価：本体640円＋税
◎Illustration：neyagi
全3巻好評発売中!

やたらとろくな目にあわない『不憫属性』の青年、吉祥真備《きちじょうまきび》。彼は亡き祖父から『一坪』の土地を引き継いだ。実は、この土地は幽世《かくりよ》へとつながる扉。その先には、かの天才陰陽師・安倍晴明《あべのせいめい》が遺した広大な寝殿造の屋敷と、数多くの“神”と“あやかし”が住んでいた。なりゆきのまま、真備はその屋敷の“大家”にもさせられてしまう。逃げようにもドSな神・太常《たいじょう》に逃げ道を塞がれてしまった彼は、渋々あやかしたちと関わっていくことになる——

◎定価：本体640円＋税　◎ISBN 978-4-434-26315-6　◎illustration：くろでこ

本書は、2018年3月当社より単行本として刊行されたものを文庫化したものです。


この作品に対する皆様のご意見・ご感想をお待ちしております。

おハガキ・お手紙は以下の宛先にお送りください。

【宛先】

〒150-6008 東京都渋谷区恵比寿4-20-3 恵比寿ｶﾞｰﾃﾞﾝﾌﾟﾚｲｽﾀﾜｰ 8F
（株）アルファポリス　書籍感想係

メールフォームでのご意見・ご感想は右のＱＲコードから、
あるいは以下のワードで検索をかけてください。

アルファポリス　書籍の感想　検索

ご感想はこちらから

アルファポリス文庫

居酒屋《いざかや》ぼったくり 9

秋川滝美（あきかわたきみ）

2020年　2月　25日初版発行

編集－塙 綾子
発行者－梶本雄介
発行所－株式会社アルファポリス
〒150-6008東京都渋谷区恵比寿4-20-3 恵比寿ｶﾞｰﾃﾞﾝﾌﾟﾚｲｽﾀﾜｰ8F
TEL 03-6277-1601（営業）　03-6277-1602（編集）
URL https://www.alphapolis.co.jp/
発売元－株式会社星雲社（共同出版社・流通責任出版社）
〒112-0005 東京都文京区水道1-3-30
TEL 03-3868-3275
装丁・本文イラスト－しわすだ
装丁・中面デザイン－ansyyqdesign
印刷－中央精版印刷株式会社

価格はカバーに表示されてあります。

落丁乱丁の場合はアルファポリスまでご連絡ください。

送料は小社負担でお取り替えします。


ISBN978-4-434-27062-8 C0193